십 원짜리 분노

십 원짜리 분노

초판 1쇄 발행 2015년 11월 30일

지은이 김희정
펴낸이 황규관

펴낸곳 삶창
출판등록 2010년 11월 30일 제2010-000168호
주소 서울 마포구 대흥동 252-1번지 302호

전화 02-848-3097
팩스 02-848-3094
홈페이지 samchang.or.kr

ⓒ 김희정, 2015
ISBN 978-89-6655-058-6 03810

＊이 책의 전부 또는 일부를 재사용하려면
　반드시 지은이와 삶창 양측의 동의를 받아야 합니다.
＊책값은 뒤표지에 표시되어 있습니다.
＊이 책은 대한문화재단에서 사업비 일부를 지원받아 출판되었습니다.

＊이 도서의 국립중앙도서관 출판예정도서목록(CIP)은 서지정보유통지원시스템 홈페이지
　(http://seoji.nl.go.kr)와 국가자료공동목록시스템(http://www.nl.go.kr/kolisnet)에서
　이용하실 수 있습니다.(CIP제어번호: CIP2015032625)

십 원짜리 분노

김희정 산문집

삶창

시간은 인간이 만든 산물이다. 우주에는 공간만 존재한다. 시간이 허상이라는 전제가 참이라면 나는 허상 속에 살고 있는 것이 분명하다. 허상을 안고 매일매일 고민한다. 금방 사라지고 말 사건들을 시간 속에 담으려 한다. 이런 걸 두고 돈키호테가 따로 없다고 말할 수 있을 것이다.

지나온 8년의 인연을 책으로 묶었다. 만약 이런 사건들을 기록으로 남기지 않았다면 시간은 결코 기억하지 못할 것이다. 그런 점에서 볼 때 시간은 나에게 허상에 불과하다. 기록이 존재할 때 우리는 시간을 기억하고 그 기억 속에 기념일이나 사건, 사고의 재료를 가지고 공간의 집을 지을 수 있다.

시간으로 기억을 더듬는 일이 점점 힘들어진다. 나이 탓도 있겠지만 나이를 먹으면서 시간을 믿지 못하는 불신이 깊어서 그런지 모르겠다. 우주에서 볼 때 인간이 만든 시간은 좁쌀 정도의 크기도 안 되는데 인간이 만든 시간으로 무언가 기록한다는 것 자체가 허무해 보인다.

산문집을 내면서 시간 속에 있는 사건들이 아니라 공간 속에 있는 사건들이라고 말하고 싶은데 걸리적거린다. 나도, 엄마도, 당신도 시간에서 만난 인연이 아니라고 강변하고 싶은데 억지처럼 느껴진다. 그런데도 인연들을 공간에서 만나 함께 했다고 외치고 싶다. 관계를 시간의 기억으로 가둘 수 없어 글이라는 도구를 빌어 기록으로 남기고 싶었다. 엄마와 함께 한 공간들이 좌표처럼 찍혀 져 있지 않지만 내 마음속에는 몇 년 며칠이라는 기억보다 그 공간에서 있었던 일들이 생생하다.

엄마뿐만 아니라 스치듯이 지나간 인연 역시 실체도 없는 시간 속에 두는 것보다 공간에 두는 것이 더 좋을 것이라는 생각을 했다. 기억하면 기억할수록 시간은 간데없고 아프고 슬픈 공간만 남는다, 그 공간에서 나는 희로애락을 만났다. 어루만져주고 싶었지만 내 능력으로 불가능해 보였다. 겨우 한다는 짓이 감정이입 정도였다. 감정만 두고 나 혼자 빠져나온 그 공간에서 홀로 남은 인연은 어떻게 견디고 있을지 돌아보지 못한 것을 반성한다. 더불어 그 인연들을 한 때 시간의 틀 속으로 집어넣으려 했던 것도 반성한다. 시간 속에 두다 보니 기억은 점점 살아나지 않고 날짜나 세고 기념일이나 달력에 표시하게 된다. 그리고 그 시간이 가면 다시 연중행사처럼 똑같은 일을 의미 없이 반복했다.

공간에서 잠시 빠져나와 생각을 바라본다. 생각은 생각으로 끝이 나면서 행동 반경이 좁아진다. 그 이유는 글쟁이라면 다들 알 것이다. 글이라는 것이 실천을 전제로 해야 한다는 생각 때문이다. 이런 생각에서 자유스러워지면 좋을 텐데 아직 내공이 쌓이지 않은 내 자신을 알기에 세상으로 보낸 글들이 사상누각이 되지 않을까 두렵다. 그래서 글을 쓴다는 것은 항상 긴장의 연속이다. 어느 공간에서 어떤 실천을 하느냐가 글에 힘이 실리는 원동력이라 여겨왔다. 그렇게 살아왔느냐고 묻는다면 대답을 쉽게 할 수 없을 것 같다. 그런 점에서 볼 때 생면부지의 인연이든 지금도 계속 이어가고 있는 인연이든 미안한 마음을 지울 수가 없다.

무의식적으로 다시 시계에 눈길이 간다. 지금껏 공간보다 시간으로 살아왔다는 생각 때문인지 허상의 울타리인 시간의 벽이 높게만 보인다. 그러나 분명한 것은 어느 날 어느 시간에 만들어졌다고 생각하는 인연을 시간의 기억에 담아두기에는 한계가 있다.

그 한계를 극복하는 방법을 만날 수만 있다면 공간에서 울리는 메아리라도 듣고 또 듣고 싶다.

책을 출간하면서 맺었던 인연 고맙다. 그 마음을 담아 이제 공간의 서랍에 인연들을 넣어두어야겠다. 먼지가 켜켜이 쌓여갈 때까지.

차례

2부

3부

1부

십 원짜리 분노

누가 나를 속였다는 것을 알면 참기 힘들다. 천 원을 그냥 줄 수는 있어도 십 원을 가지고 나를 속인 것을 알면 넘기기 어렵다. 이런 것이 사람 마음이다. 살다보면 이런저런 이유로 화가 치밀어 오르고 그 화를 참지 못해 폭발하는 경우가 있다. 화가 날 때마다 화를 낼 수는 없는 일이지만 때로는 참는 것보다는 화를 내는 것이 정신건강에 좋다고 전문가들은 말한다. 나 역시 이런저런 이유로 부글부글 끓어오를 때가 있다.

운전 중 누군가가 깜박이도 켜지 않고 끼어들거나 뒤에서 빨리 가지 않는다고 클랙슨을 누르면 나도 모르게 욕이 튀어나온다. 일이 잘 풀리지 않는 날, 아내를 향해 짜증 섞인 목소리도 낸다. 작은 것에 분노하는 나를 돌아보며 부끄러울 때가 많다. 세상이 각박해지면 각박해질수록 화낼 일이 많이 생긴다. 그때마다 사람들은 자기만의 방식으로 화를 푼다. 당장 싸울 수도 있고, 그 순간은 참고 있다 아무도 없는 곳에서 실컷 욕하기도 하고 술로, 담배로, 어떤 방식으로든 화를 풀어내지 못하면 결국 그것이 맺혀 병이 된다. 가끔 세상 돌아가는 일을 보면 내가 지금껏 보여주었던 화는 십 원짜리에 지나지 않았다. 정말 분노하고 화를 내야할 곳에서는 침묵으로 일관하고 모른 체하며 슬며시 넘어갔던 기억들이 새삼스럽다.

국정원 선거 개입이나 해고 노동자들의 죽음, 부당한 공권력 행사를 보면서도 술자리에서 안주 삼은 분노 아닌 분노를 터트렸던 적이 얼마나 많았던가. 지금 생각해도 얼굴이 화끈거린다. 이런 화와 분노가 양은냄비처럼 끓어올랐다 식었다를 반복했다. 정말 화를 내야할 때 화를 내지 못하고 분노해야 할 일에 분노하지 못했을 때 세상은 지금보다 더 각박해질 수밖에 없다는 것을 알면서 이런저런 핑계를 만들어 빠져나갈 생각만 했다.

몇 달째 대전역에서 목요일과 토요일 저녁 7시 국정원 선거 개입 촛불 집회를 열고 있다. 시민들이 모여 민주주의의 위기를 이야기하고 국정원의 문제점을 말하고 있지만 먹고 사는 시간은 접어두더라도 나는 촛불집회에 참석하는 일보다는 가지 않았던 날이 많았다. 어떤 때는 술 먹느라 못 가고 어떤 때는 모임 때문에 못 가고 어떤 때는 날씨가 좋지 않다는 이유를 대며 피했던 적이 있다.

생계에 영향을 받으면서까지 적극적으로 참여하는 L을 볼 때마다 미안한 생각뿐이다. 민주주의의 꽃은 선거다. 그런데 선거에 국정원이 개입했다면 주권자인 내 권리를 침해당한 것이다. 이럴 때 분노하고 화를 내야 하는데 며칠 전 어느 술집에서 술값 몇 천 원 계산이 잘못되었다고 술집 주인을 몰아붙일 때가 더 사나웠다. 7·80년대 수많은 분들이 민주주의를 지키기 위해 싸웠고 때로는 목숨을 내놓아야 했다. 나는 그 분들이 피땀으로 지켜낸 민주주의에 무임승차하고도 고마움을 모르고 사는 것 같다.

이제 술값 몇 천 원에 술집 주인들에게 화를 내지 않으련다. 도로에서 누군가 끼어들어도 욕을 하지 않으련다. 주차를 제대로 하지 않는 차를 보고 그 주인을 상상하며 한심하다는 생각도 않으련다. 더 이상 십 원짜리 분노는 않고 살련다. 그 분노가 이웃에게 도움이 되지 않는다는 것을 알았다. 앞으로 나와 이웃에 도움이 되는 분노, 약이 되는 화를 내면서 살아야겠다.

그러는 것이 모두의 정신건강에 좋을 듯싶다.

너에게 소중한 것

아이들과 독서니 글쓰기니 하는 프로그램을 가지고 함께하다 보면 한 시간이 금방 지나가 버린다. 물론 이런 내 생각에 아이들이 동의를 했을 때에만 더 즐겁고 행복한 수업이다. 이번 주 아이들과 독서놀이를 했다. 책 속에 들어가서 어떻게 놀 것인가에 대한 이야기를 하는 도중 귀한 것과 천한 것에 대한 이야기를 하게 되었다.

주역에서 말하는 귀한 것은 흔하지 않은 것, 예를 든다면 하늘이고, 천한 것은 만물이 몰려 있는 땅이다. 놓고 보면 선천팔계에서는 천한 것이 후천팔계에서는 귀한 것이 될 수 있다는 뜻이다. 주역을 빌리지 않더라도 만물이 생동하는 세상에서 귀하고 천한 것이 어디 있겠는가. 아이들과 책을 읽고 이런저런 이야기를 했다. 한 아이의 한 마디 때문에 소중한 것에 대한 이야기를 하게 되었다. '너에게 소중한 것이 무엇이냐'는 질문을 몇 년 동안 하지 않았다. 질문이 결론에 도달할 때 내 감정을 감당하기 어렵기 때문이다. 아이들의 반응을 살피기도 전에 내가 먼저 흐트러지고 자제가 되지 않을까 봐 묻어 두었던 질문이다. 왜 질문을 하지 않았냐고 누가 묻는다면 내 문제라고 말했을 것이다. 그 질문이 독서놀이를 하다 보니 나오고 말았다. 아이들에게 먼저 너희들이 소중히 생각하는 것을 열 가지만 적으라고 했다. 무엇이 너희들에게 가장 소중한지 고민을 한 뒤 이것은 나에게 가장 소중한 것이라 결정을 하고 직접 써보라고 주문을 했다.

아이들은 긴 시간 머뭇거리지 않고 하나하나 써 내려갔다. 조금 시간이 필요한 아이들도 있었지만 몇 분 만에 내게 소중한 것 열 개를 보여주었다. 아이들이 써내려간 것을 보니 공감이 갔다. 어른이나 아이들이나 큰 차이가 없었다. 아빠, 엄마, 형제, 자매, 사랑, 돈, 책, 나, 친구 등……. 왜 이런 것을 소중하게 생각했냐고 물었더니 아이들은 우리가 살아가려면 꼭 있어야 한다고 대답했다. 아마 나도 이런 질문을 받았다면 크게 다른 대답을 하지 못했을 것이다.

두 번째 질문에서 아이들은 혼돈과 함께 고민의 시간이 필요했다. 열 개를 다섯 개로 줄여 보라고 했더니 힘들어 했다. 나름 가장 소중한 것 열 가지를 썼는데 그 중 다섯으로 줄이라고 하니 고민할 수밖에 없었을 것이다. 결국 남은 것은 대부분이 가족이었다. 아빠, 엄마, 나, 형, 누나, 언니, 동생이었다. 나는 잔인하게 그 중 두 가지를 없애라고 했다. 그 순간 짧은 적막이 흐르면서 흐느끼는 소리가 들렸다. 아이들은 무엇을 뺄지 고민에 빠졌다.

결국 가장 소중한 가족들을 정리하기 시작했다. 어떤 친구는 다섯 가지 중 자신을 먼저 빼는 친구도 있었고 돈을 빼는 친구도 있었다. 자신을 뺀 친구들은 대부분 눈물을 보였다. 이런 고통에 빠져 있는 친구들에게 다시 질문을 했다. 왜 너를 빼야 했냐고 말이다. 아이들은 가족들 보다는 내가 없는 것이 낫다고 한다. 그 말을 듣는 순간 가슴이 뭉클했다.

마지막으로 나는 다섯 개 중 두 개 항목만 남기라고 말했다. 그 순간 아이들 얼굴이 굳어지더니 몇 몇 아이들은 참았던 눈물을 터트리고 말았다. 나에게 소중한 형, 누나, 동생들이 사라지는 순간을 맞이해야 했기 때문이다. 이와 같은 기막힌 일이 현실이 된다면 누가 견딜 수 있겠는가.

이런 상황에서 마지막 한 가지만 남기고 모두 버리라고 했다. 아이들은 누구를 버려야 하나 고민하지 않고 합창하듯 흐느꼈다. 그런 아이들에게 마지막으로 남긴 항목의 이유에 대해 물었다. 아이들은 고개를 들지 못하고 엄마가 있어야 우리를 다시 낳을 수 있을 거라 말했다. 열 명 중 아홉 명이 엄마를 마지막까지 남겼고 그 중 한 명은 고민과 고민 끝에 엄마 대신 아빠를 남겼다. 그 이유를 물었더니 엄마는 마음이 약해 가족이 없으면 견디지 못해 죽을 것이라 말한다. 그래서 아빠를 남겨야 한다는 말을 했다. 그 말에 나 역시 울음을 참지 못했다.

나에게 소중한 것은 무엇일까. 세상은 '돈이다'고 말할지 모르겠다. 하지만 어린이들, 청소년들은 아직 가족이다. 누구 한 사람만을 남기라고 하면 자신을 기꺼이 버리고 아빠나 엄마를 선택한다. 이런 아이들에게 소중한 것들을 더 써내려가라는 말은 못하고 오히려 지우라고 한 나의 행위는 비교육적인 처사였을지 모르겠다.

이 프로그램을 박근혜 대통령에게 적용했다면 어떤 결과가 나왔을까. 열 개의 단어를 쓰는 데 얼마나 시간이 걸렸을까. 대통령은 소중한 것들을 하나하나 지우면서 어떤 감정에 빠져들었을까. 대통령이 마지막 남긴 단어는 무엇이었을까. 국민이었을까. 대통령 자신이었을까. 대통령의 마지막 고민 끝에 내가 남을 수 있을까?

추석 연가

어린 시절 추석이 가까워지면 서울로 돈 벌러 간 누나들을 기다렸
다. 기차를 타고 열서너 시간 중 한두 시간쯤은 연착하는 일이 당
연하던 시절 고향을 향한 열차 안은 지루함 보다는 설렘이 더 많
이 묻어 있었다. 추석 전전날까지 야근을 해도 힘든 줄 몰랐던 것
은 고향에서 보름달을 볼 수 있다는 생각 때문이었는지 모르겠다.
추석이 다가올수록 동네 아이들은 신났고 풍부한 먹을거리와 누
나, 형들이 들고 올 선물꾸러미들을 상상하며 달이 풍선처럼 부풀
어 오르길 고대했다.

추석 하루 전 친구들 집 풍경은 누나와 형이 함께 하고 있느
냐 그렇지 않느냐로 갈렸다. 도시로 떠난 누나와 형이 추석을 쇠러
온 집 아이들은 놀이터에 나오지 않았다. 어제와 다를 게 없는 아
이들의 기다림은 점점 미움으로 바뀌어 갔다. 형이, 누나가 도시의

공장에서 어떤 일을 하고 어떻게 하루를 보내고 있는지에 대한 생각은 그 시절 우리들에게 관심사가 될 수 없었다. 오직 추석을 쇠러 고향에 내려오길 바라고 바랐을 뿐이다.

끝내 누나들은 고향에 오지 않았고 기다리다 지친 나와 동생은 아쉬움을 끌어안고 잠자리에 들었다. 꿈인지 현실인지 구별할 수 없었지만 엄마의 울음소리가 귀를 괴롭혔다. 누나들이 오지 않은 이유에 대해 알게 된 것은 내가 고등학교 졸업하고 공장에 취직을 하고나서였다. 누나들이 걸었던 길을 내가 걸으면서 고향에 가고 싶지만 왜 공장 기숙사에서 추석을 쇨 수밖에 없었는지 그 마음을 이해할 수 있었다.

보름달을 보며 '누나들은 왜 추석을 쇠러 오지 않을까' 가슴 앓이를 했던 기억이 지금도 환상통처럼 찾아온다.하루 일당 천 육백 원을 받아 배움을 잇기 위해 야간특설학교(중학교를 졸업하고 온 16세에서 19세 소년, 소녀들이 공장에 취직하면 보내준 학교)에 다녔고 그 돈을 쪼개 고향집에 보내고 거기서 또 쪼개 동생들 옷을 고르고 골랐을 누나들의 마음을 알게 되었다. 공장에 들어가서 만난 형들, 누나들, 동생들의 모습을 보며 가고 싶어도 갈 수 없는 마음이 무엇인지 확인했다. 그 시대의 누나와 형들은 그렇게 살다

고향에 왔고 고향에 올 처지조차 못 되면 공장 기숙사에서 보름달을 보며 눈물을 흘렸다.

더도 덜도 말고 한가위만 같아라 했다. 하지만 1970년~80년 대 도시로 떠난 누나들 형들을 기다렸던 동생들의 모습이 여전히 짙은 수채화처럼 내 마음 한 쪽을 차지하고 있다. 지금은 공돌이 공순이라는 말이 사라지고 없지만 우리의 누나와 형들은 고향에 있는 가족들을 생각하며 공돌이 공순이라는 말을 견디었다. 그 시대와 별반 다르지 않게 지금도 고향집 마루에서 보름달을 보며 송편을 먹을 수 없는 사람들이 우리 주변에 여전히 있다.

추석이 코앞으로 다가왔다. 비가 오지 않으면 전국 어느 곳에 서든지 보름달을 볼 수 있을 것이다. 이번에 고향집에 내려가면 마당에서 보름달을 보며 가족들과 두런두런 이야기를 나누어야겠다. 근심도 미움도 슬픔도 보름달에 던져주고 삶의 터전으로 돌아올 때 차 안에서 딸과 연가라도 불러봐야겠다. 고생만 하다 늙어버린 누나들에게 고마웠다고, 아니 사랑한다고 고백해야겠다.

그 옛날 누나들처럼 형들처럼 고향에 가지 못한 사람들의 마음을 우리 사회가 한 번 더 헤아려 주면 보름달이 더 둥글고 밝을 것 같다.

안녕하세요

산을 오르는데 후배로부터 전화가 왔다. 어디냐고 묻기에 뒷산을 오르고 있다고 말하자 "형, 술 많이 먹으려고 발악을 하는구나" 하고 말했다. 나는 그 말에 웃음이 터지고 말았다. 이 친구 만나면 밤을 새워 세상 돌아가는 이야기를 하면서 소주병을 품었던 기억이 떠올랐기 때문이다. 이런 행사가 최근 몇 년 뜸해지면서 우리는 과거의 기억만 더듬고 있지 않나 하는 생각이 들었다.

화봉산과 인연을 맺은 지도 1년이 지났다. 전민동에 이사 온지 12년차에 접어드는데 화봉산에 오른 지 1년이라고 말하면 의아해 할 사람이 있을 것이다. 내가 산을 좋아한다는 것을 알고 있는 사람이라면 더욱 이해가 되지 않는 모습이다.

어느 자리에서 산 이야기가 나왔는데 너희 동네에도 산책하기 좋은 산이 있는데 아느냐고 묻기에 금시초문이라는 얼굴을 하자 화봉산 이야기를 해 주었다. 그 이야기를 듣고 화봉산에 올랐다. 길이 가파르지도 않고 오솔길과 소나무들이 잘 어우러진 산이었다. 집 앞에서 천천히 올라 우성이산까지 갔다 돌아오면 약 2시간 30분 정도 걸린다.

그 후 일주일에 다섯 번 정도는 꾸준히 산을 오르고 있다. 나는 개인적으로 여름산을 좋아하지 않는다. 녹음이 우거져 산속에 내가 갇혀있다는 느낌 때문이다. 올 여름도 거의 산에 오르지 않았다. 가을바람이 불자 다시 화봉산을 오르기 시작했다. 산책하기 좋다보니 동네 사람들은 물론이고 주변 동네 분들도 즐겨 찾는다. 도룡동에서 오르면 우성이산을 거쳐 화봉산을 오를 수 있고 나처럼 전민동에서 올라 화봉산을 거쳐 우성이산 정자에서 잠시 숨을 고른 뒤 다시 돌아오는 사람들도 있다.

처음에는 체력이 되지 않아 숨소리가 고르지 않았는데 몇 달 꾸준히 오르니까 주변 풍경이 보이다가 이런저런 생각도 정리하며 말 그대로 산책을 즐길 수 있는 수준까지 되었다. 산을 오르면 아는 사람을 만나기도 하지만 대부분 같은 동네에 살더라도 스치듯이 지나간 사람들이다.

산을 오르는 사람들의 복장도 저마다이다. 어떤 사람들은 이

어폰을 끼고 어떤 사람들은 모자에 마스크까지 착용한 경우도 있다. 많지는 않지만 복면처럼 뒤집어쓴 마스크도 본 적이 있다. 황사니 미세먼지니 하는 것들에서 몸을 보호하기 위해 착용하는 경우도 있을 테지만 그렇지 않고 '누구와도 이 시간을 소통하고 싶지 않다. 나 혼자 산책을 즐기고 싶고 인사 한 마디 건네는 것도 부담스럽다'는 듯이 걷는 분들도 보인다. 자신만의 시간을 갖고 싶어 하는 사람들에게 인사를 건네지 못 했는데 어느 날부터 그런 마음을 떨쳐버리고 인사를 하기 시작했다.

"안녕하세요."

처음에는 인사를 하면 받는 것에 어색해 하더니 이제는 웃으면서 인사를 받는다. 누구를 만나도 안녕하세요를 먼저 하고 상대방이 답변 인사를 하면 반드시 "네"라고 대답했다. 알지 못하는 사람들에게 먼저 인사를 하니까 낯선 사람에서, 짧은 순간이지만 아는 사람이 되고, 이웃이 되고 더 나아가서 동시대를 함께 살고 있다는 연대감도 느껴진다.

그가 지금 어떤 고민을 하며 이 산을 오르고 있는지 모르지만 누군가에게 "안녕하세요"라는 말을 들었을 때 혼자만 이 산을 오르는 것은 아니구나 하는 생각을 할 수도 있을 것이다. 소통이라는 것이 특별한 것은 아니다. 산에서 만난 사람들에게 먼저 인사 한 마디 나누는 것에서 소통이 출발해도 괜찮을 듯싶다. 지금이 시간 같은 산을 오르내리다 만난 것만으로, 비록 오늘 보고 기억에 남지 않는 인연이 될지언정 먼저 인사를 건네 보면 어떨까. 인사가 메아리가 되어 돌아오지 않더라도 마음에 두지 않으며 말이다.

맹물

어린 시절에는 첫 닭이 울기 전에 일어나 동네 우물에서 물을 길어 고무 대야에 채웠다. 일찍 일어나지 않으면 누군가가 먼저 물을 길어 올렸고 우물은 해가 뜨기 전에 바닥을 보였다. 매일 물을 긷는 일은 전쟁 그 자체였다.

처음에는 아침 6시 정도면 항아리를 충분히 채울 수 있었지만 어느 날부터 더 일찍 일어나지 않으면 하루 쓸 물을 채우기가 힘이 들었다. 이러다 보니 점점 더 빨리 일어나 물을 길어야 했고 그 물은 식구들에게 없어서는 안 되는 최소한의 하루 필요량이었다.

돌이켜보건대 이른 새벽의 우물은 정한수로 쓰였고 그 물로 우리네 엄마들이 자식들이 잘 되길 기원했다. 그뿐만 아니라 밥을 짓고 몸을 씻는 데도 꼭 필요했다. 어린 마음에 물을 길으면서 잠이 부족해 엄마를 원망했고 겨울날 물을 긷다 눈에 미끄러지면 눈물을 훔친 적도 여러 번 있었다. 세상이 편리해지면서 물을 긷기 위해 새벽에 일어나 경쟁하는 일은 사라졌지만 나이를 먹다보니 맹물이 그리워진다. 많은 사람들이 맹물처럼 살지 않기 때문에 그런지도 모르겠고, 흔하고 흔했던 맹물이 귀해지고, 어느 순간 저만치 밀려나 있는 나를 발견하는 것이 두려워 발버둥치며 살았던 시간이 맹물보다 못한 삶이었다는 것을 알게 되어서 그러는지도 모르겠다.

며칠 전 수자원공사에 강연을 갔다. 수돗물과 관련된 일을 하는 40여 명의 공무원들에게 시에 얽힌 사연을 소개하며 한 시간을 함께 했다. 강연에서 소개된 시가 교육을 받으러 온 분들과 연관이 있어 선택했다. 주최 측의 강연 주제에 대해 들었을 때 이 시를 꼭 넣어야겠다는 생각을 했다.

가끔 어떤 사람 보면
맹물 같다는 생각을 했다
나는 맹물처럼 살지 않기 위해
발버둥쳤다
걸어온 세월, 돌아보며

맹물을 곱씹어 본다

남은 시간

내 생生

맹물만 같아도

─『맹물』전문

그 옛날 잠이 덜 깬 상태에서 물을 길어야 했던 시절이 주마
등처럼 스쳐갔다. 지금은 내가 살았던 동네에 집집마다 수도가 들
어와 애써 물을 긷는 일을 하지 않아도 된다. 사람들이 더는 우물
물을 긷지 않으니까 우물을 메우고 말았다. 강연을 하면서 맹물의
의미에 대해 몇몇 분들께 질문을 했다. '맹물' 하면 떠오르는 것이
있는지 물었더니 어떤 분은 우물이 떠오른다고 했고 어떤 분은 욕
하는 것 같아서 기분이 나쁘다는 말도 했다. 그 분들의 이야기를
종합해 보면서 그 어떤 직업보다 맹물을 만드는 일에는 자부심을
가져도 좋겠다는 말을 했다. 내 삶을 돌아보면서 맹물처럼 산다는
것이 얼마나 어려운지 새삼 느낄 때가 많았다.

　맹물의 의미를 제대로 알지 못한 채 싱겁다는 둥, 맹물처럼 살
지 않겠다는 둥, 왜 저 사람은 맹물처럼 살까 하는 비유를 함부로

내뱉었다. 물을 긷는 일은 비록 고단했지만 이른 새벽, 고무 대야에 채웠던 그 물이 새삼 그리워진다. 맹물처럼 맑고 차가운 이성과 지성으로 산다는 것이 작금의 세상에서 커다란 욕심으로밖에 생각되지 않아서 그러는 것 같다.

고개를 들어요

"자식은 부모가 죽으면 땅에 묻고, 부모는 자식이 죽으면 가슴에 묻는다"는 말이 있다. 이 말을 굳이 해석할 필요가 없을 것 같다. 자식을 잃은 부모의 마음이 얼마나 견디기 힘든 고통인지 그대로 보여주고 있기 때문이다. 자식을 잃은 부모들이 죄인처럼 고개를 숙이고 있는 모습을 토요일마다 대전역에서 본다.

누구의 잘못으로 자식을 잃었는데 저렇게 죄인처럼 고개를 숙이고 눈물을 흘리고 있는지 그 마음을 헤아리다 보면 나도 모르게 분노와 슬픔이 교차한다. 눈에 넣어도 아프지 않을 자식들을 자신들보다 앞세워 보낸 게 죄가 된 것이라면 그나마 수긍이 가겠지만 누군가의 잘못으로, 그것도 정부의 무능함으로 아직 피지도 못한 열일곱 살 아이들을 잃었다면 그러지 마라고 말하고 싶다.

시민들과 유가족들이 함께하는 세월호 침몰 희생자를 위한 추모제가 매주 토요일 저녁 7시에 대전역 서광장에서 열리고 있다. 부모를 따라온 아이들의 손에 촛불이 들려있고 중고등학교 학생들 손에 들려있는 '잊지 않겠습니다' 작은 피켓이 아프게 다가온다. 맨 앞줄에는 세월호 침몰로 자식을 잃은 부모님들이 죄인이 되어 앉아 있다.

지난 토요일(6월 21일)에는 안산 단원고 2학년 9반 부모님들과 자리를 함께했다. 2학년 9반 학생들은 여학생 반이라고 한다. 그 반의 4분의 3이 넘는 학생들이 끝내 부모님 곁으로 돌아오지 못하고 목숨을 잃거나 실종 상태이다. 자식을 잃었다는 것은 하늘이 무너졌다는 뜻일 텐데 그런 슬픔을 마음에 안고 서명용지를 들고 전국을 돌며 국민들한테 서명을 받고 추모제에 참여해 자리를 지키고 있다.

추모제 끝부분에 부모님들이 나와, 함께 해 준 대전시민들에게 고마움을 표했고 죽은 자식을 위해서라도 천만 서명운동을 꼭 이루어내겠다고 의지를 보여주었다. 여러 부모님들이 앞에 나와서도 고개를 들지 못하는 모습을 보며 나는 시선을 어디에 두어야 할지 갈피를 잡지 못했다. 나도 무언가 해야 하는데 죽은 아이들을 위해서가 아니라 내 아이를 위해, 더 나아가서 우리 아이들을 위해서 할 수 있는 것이 고작 몇 줄 글을 써 추모시를 낭송하고 격문을 읽는 것이 전부라는 생각을 하니 답답함을 넘어 무력감이 밀려왔다.

모든 아픔을 가슴에 묻고 이런 사고가 다시는 일어나지 않기를 바라는 부모님들은 전국의 추모집회에 참석하고 있다. 이번 주에도 십여 명이 넘는 부모님들이 대전에 내려와 서명용지를 들고 은행동으로, 한밭야구장으로 발걸음을 옮겼다.

세월호 참사 희생자 부모님들이 느끼는 아픔을 내가 어찌 몇 마디 말로, 문장으로 짐작해 표현할 수 있겠는가. 어떤 언어를 통해 위로할 수 있겠는가. 평일에는 먹고 산다는 핑계로 나가지 못하지만 토요일 저녁 7시에는 촛불이라도 들고 안산에서 오시는 부모님들을 맞는다. 이제 더 이상 고개 숙이지 않았으면 하는 마음 간절할 뿐이다.

정말 고개를 숙이고 석고대죄를 청해야 할 사람들은 목에 깁스를 한 채 살고 있는데 너무나 억울하게 아이를 잃은 부모님들이 죄인이 되어 전국을 돌며 국민들에게 서명을 받기 위해 동분서주하고 있다. 아이를 잃은 부모님들이 요구하는 것은 딱 하나다. 국민들이 다시는 자신들처럼 아이들을 잃어서는 안 된다는 것이다.

그렇게 하기 위해서 철저한 진상규명과 함께 특별법을 만들어 달라고 서명 용지를 들고 자식을 잃은 마음을 견디며 길거리로 나온 것이다.

추모제에서 부모님들을 만나면 이런 이야기를 하고 싶었다. "아버님, 어머님 고개를 들어요. 아이들이 죽은 것은 부모님이 잘못해서 그런 것 아니에요. 굳이 따진다면 이런 세상을 만든 우리들도, 잘못에서 벗어날 수 없어요. 부모님 고개를 들어요." 끝내 나는 이런 말을 하지 못했다.

부모님들 얼굴을 아직 똑바로 볼 자신이 없었기 때문이다.

사람은 왜 사는가

톨스토이는 자신의 단편집 『사람은 무엇으로 사는가』에서 사람은 사랑으로 산다고 이야기한다. 사랑이라는 것이 남녀 사이의 사랑만 있는 것이 아니다. 사제 간의 사랑, 친구 간의 사랑, 부모자식 간의 사랑, 이웃 간의 사랑도 사랑의 범주에 들어간다. 소설에서 톨스토이는 이런 것이 사는 힘이 된다고 말하고 있다.

나는 나에게 왜 사냐고 질문한다. 거창한 담론을 뒤로하고 행복해지기 위해 산다는 대답이 먼저 나온다. 행복해지기 위해 우리는 어떻게 해야 할까. 각자 행복의 지향점이 있으니 하나의 답이 나오지는 않겠지만 내가 즐겁고 기쁘고 만족할만한 삶을 살고 있다면 그는 분명 행복한 삶을 살고 있다고 볼 수 있을 것이다.

행복을 이야기하기 전에 인간이 갖추어야 할 기본이 있다면 의식주다. 의식주가 밑받침되지 않으면 인간과 동물이 별반 다르지 않게 된다. 의식주를 해결하는 데 힘들어 하는 사람들이 우리 사회의 곳곳에 존재한다. 이런 부분을 해결하기 위해 최저생계비라는 명목으로 정부가 지원하고 있다.

이 돈이 정말 최저생계비가 될 수 있을까는 여기서 따지고 싶지 않다. 생계 유지에 시달리고 있는 사람들이 행복해질 수는 없다. 이미 인간으로서 품위를 유지할 수 없는 지경에 빠져 있는데 무슨 행복을 꿈꿀 수 있겠는가. 생계를 해결한다고 해도 우리가 사는 동안 여러 곳에서 복병을 만난다. 그 중 하나가 가족 중 누군가가 아플 때다.

며칠 전 대전에서 50대 가장이 90대 노모(치매환자)의 목숨을 끊고 자신도 세상을 떠났다. 정부는 중증환자를 지원하겠다고 법을 만들었지만 말 그대로 턱없이 부족하다. 내 아버지가, 엄마가 중증환자가 되는 순간 가족이라는 울타리가 쉽게 흔들리고 무너지는 것을 우리는 종종 목격했다. 가족이 직접 중증환자들을 돌보라는 말은 정부가 사회의 최소단위인 가정을 스스로 포기하겠다는 말과 뭐가 다른지 모르겠다. 가정이 깨지면 사회가 깨지고 결국 국가가 깨지는 단순한 논리를 방치하고 있는 것이다.

우리 사회에서 중증질환자들을 복지의 이름으로 몇 퍼센트나 지켜주고 있을까. 수만 명이 넘는 치매환자들의 대부분은 가족의 울타리 안에서 살고 있다. 이런 환자들을 지키고 있는 가족들은 행복할 수 있을까. 답은 아침마다 배달되는 신문 사회면에 적나라하게 나와 있다. 이런 가정을 꾸리고 있는 가장이라면 가정의 울타리가 얼마나 위협받고 있는지 누구보다 잘 알고 있다. 서유럽이나 북유럽 국가가 복지의 천국이라고 부르는 이유가 노인들에 대한 복지시스템이 잘 되어있기 때문이다.

늙어 다리에 힘이 빠지면, 인간의 품위를 지킬 수 있도록 정부가 만들어 주고 죽는 날까지 정부가 복지의 이름으로 그들을 돌보고 있다. 반대로 우리나라에서는 노인복지는 내버려두더라도 중증질환자나 치매를 앓고 있는 노인들을 어떻게 방치하고 있는지 생각해 보자.

나를 낳은 부모를 더 이상 어찌하지 못해 남편이나 아내, 자식의 손으로 죽이게 만드는 사회가 정상적인 사회인가. 인류를 지켜주지는 못할망정 반인류적인 사회를 정부가 만들어서야 되겠는가. 아침 신문 사회면에 나오는 가장 슬픈 기사 중 하나가 중증질환을 앓고 있는 가족을 가족이 살해했다는 내용이다. 이런 기사를 볼 때마다 사람이 왜 살아야 하는지 회의감에 빠져 든다. 사람이 왜 살아야 하는지 모르는 사람들이 우리 사회에 늘어나면 늘어날수록 사회는 중병을 앓고 있는 것과 뭐가 다르단 말인가.

복지정책은 인간의 삶의 질을 높여줄 뿐만 아니라 행복도 더불어 가져다준다. 복지강국이 되기 위해서는 부자가 세금을 더 내는 방법 이외에 어떤 답도 보이지 않는다.

잘못 건 전화

힘들 때 가장 먼저 떠오르는 사람이 누구냐면 나 같은 경우 엄마다. 등 따숩고 배부르면 생각이 나지 않지만 일상이 힘들고 퍽퍽하면 엄마가 차려준 밥상이 그리워진다. 특히 겨울날 엄마가 끓여준 청국장 맛은 잊을 수 없다.

살다보면 놓치는 것이 있다. 소중한 것들인데 항상 옆에 있을 거라는 착각 때문에 돌아보지 않는다. 그러나 부모님은 우리의 이런 모습과 상관없이 항상 그 자리에서 우리를 지켜보며 응원하고 있다. 한결같은 마음으로 그렇게 하시니까 부모님은 으레 그래야 한다는 생각으로 살아가고 있는지 모르겠다.

엄마가 호스피스 병동에 일주일 째 누워있다. 처음에는 의식이 있어 자식들과 손주들도 알아보았는데 이제 그 의식도 서서히 수그러들고 있다. 이런 엄마를 보고 있으면 잘 했던 기억은 찾을 수 없고 잘 못한 기억은 우박 쏟아지듯 마음에 쏟아진다. 엄마가 정신이 희미해지자 나도 그런 현상에 시달렸다. 무언가를 하기 위해 방에 들어가면 왜 내가 방에 들어왔는지 도통 기억이 나지 않는다. 최근 한 달 동안 이런 일이 반복되고 있다.

며칠 전에는 아내에게 전화를 걸었다. 어느 정도 신호가 가면 휴대전화는 음성으로 넘어갈 텐데 그러지 않았다. 화면을 확인해 보니 엄마 전화번호였다. 분명 아내의 단축번호를 눌렀다고 생각했는데 바로 아래에 있는 엄마 집 전화번호를 누르고 아내가 전화 받기를 기다리고 있었다.

엄마는 한 달 전에 몸이 좋지 않아 우리 집에 왔다. 텅 빈 시골집에 누가 있어 전화를 받겠는가. 병원에서 담낭관 말기 암 선고를 받고 호스피스 병동에 있는 엄마가 전화를 받을 수도 없지만 전화를 받았다 해도 나는 할 말이 떠오르지 않았을 것이다.

아내에게 전화하려고 단축번호를 눌렀다
신호는 가는데 전화를 받지 않는다
음성으로 넘어가지 않고
신호음만 급하게 되돌아온다

화면을 보니 엄마 집 전화번호다

엄마는 지금 죽을 날 받아놓고

호스피스 병동에 있다

엄마가 전화를 받으면

나는 뭐라고 말했을까

기적도 있다고 말했을까

삶을 정리하는 시간을 가져보라고 말했을까

행복하게 이별하자고 말했을까

이런 말을 들었을 때 엄마는 뭐라고 대답할까

'사랑한다'로 엄마와 함께 한 시간을

정리한다는 것이

너무 초라해 보인다

이런저런 생각이 꼬리를 물었지만

결국 말문을 찾지 못했다

— 「엄마 생각 2」

부모님 살아생전에 잘해야 한다는 말은 평범한 진리이다. 그
런데 이 평범한 진리를 우리는 종종 잊고 산다. 무엇이 그리 바빠

서 그런지 모르겠다. 돌아보면 마음의 여유가 없어 그럴 수밖에 없다고 자위해 보지만 결국 그것이 답이 될 수 없다는 것을 안다. 손에 휴대전화를 들고 살면서도 단축번호 한번 누를 여유가 없다. 하루 다섯 끼 먹는 것도 아닌데 우리는 왜 이렇게 살고 있을까.

엄마는 결국 의식을 잃고 아무도 알아보지 못한 채 운명하셨다. 조문을 온 분들은 누구한테나 이런 일은 일어나고 그게 내 차례가 되었다고 위로했다. 혹은 긴 병에 효자 없다고 말하는데 서운하지만 오랜 투병을 하지 않고 돌아가셔서 그나마 위안거리라는 말도 했다.

신이 나에게 단어 두 개만 선택할 수 있다고 말한다면 '엄마' '사랑'이라는 단어를 잡았을 것이다. 이제 엄마라는 말을 쓸 수 없게 되었다. 가장 포근하고 따뜻한 엄마라는 단어는 마음속에 담고 살아야 한다. 엄마의 죽음 앞에서 남은 것은 슬픔도 아픔도 아닌 후회뿐이다. 이 평범한 진리를 나 역시 피하지 못했다.

까치밥

엄마의 유품을 정리하기 위해 고향을 찾았다. 낡은 속옷부터 입지 않은 새옷까지 불길을 걸어갔다. 광(창고)을 열어보니 엄마가 남긴 찹쌀이 보였다. 무엇을 할까 고민하다 마을회관과 엄마가 살아 계실 때 성당을 함께 다녔던 어른들께 엄마와 잘 지내주셔서 고맙다는 의미로 인절미를 보내기로 했다.

엄마 단골 떡방앗간에 전화를 했더니 사장님이 직접 차를 몰고 와서 찹쌀을 싣고 갔다. 엄마가 우리들에게 보낼 고춧가루, 깨, 참기름을 만들어 달라고 전화만 하면 사장님이 직접 와 가져갔다가 작업을 끝내고 집으로 배달까지 해주었다는 것을 알았다. 인절미에 떡고물을 묻히고 있는데 누나가 예전에는 인절미를 가마솥 뚜껑으로 잘랐다고 말하자 옆에 있던 어르신이 "조선에서 50년 이상 살았는가 보요"라고 응답했다. 그 말을 들으니 김남주 시인의 시 「옛 마을을 지나며」가 생각났다.

이 시는 조선의 마음이 무엇인지 잘 표현되어 있다. 떡방앗간 사장님은 거동이 불편해 물건을 들고 돌아다니지 못했던 엄마를 보고 마치 내 일처럼 엄마를 도와주고 있었다. 이런 사장님의 마음이야 말로 조선의 마음이라는 생각을 했다. 2014년 2월 14일이 김남주 시인 서거 20주년이다. 그가 쓴 시가 400여 편이 넘는데 대부분 감옥에서 몰래 우유곽에 새겼다고 한다. 그 시 중 가장 내 마음에 오래 남은 시 한 편을 소개한다면 「옛 마을을 지나며」이다.

찬서리나무 끝을 나는 까치를 위해
홍시 하나 남겨 둘 줄 아는 조선의 마음이여
–「옛 마을을 지나며」

짧은 시지만 우리 정서를 잘 나타내고 있다. 김남주 시인은 스스로 전사라는 표현을 썼다. 시인이라는 호칭보다 전사라는 말로 불리어지기를 바랐던 분이다. 그의 서거 20년을 맞이하여 광주에서 매년 그래왔듯이 추모제를 지내고 몇몇 선배들이 막걸리 잔을 기울였다고 한다. 나는 전화상으로 쓸쓸한 추모행사에 대한 이야기를 들어야 했다.

　1994년 2월 14일 김남주 시인 추모제가 경기대 야외 광장에서 있었다. 20년 전 나는 두 후배와 함께 김남주 시인 추모제에 참석했고 슬픔보다는 춥다는 생각을 떨치지 못해 추모제가 끝나자 서둘러 홍대 뒷골목 막걸리집을 찾아 술로 추위를 쫓아야했다. 김남주 시인의 시와 그가 산 세월에 대해 이런저런 말을 나눈 기억이 남아 있다. 조선의 마음을 노래할 수 있는 시인이 지금 얼마나 있을까.

　이제 홍시 속에도 살지 않는 조선의 마음을 다시 복원한다는 것이 가능하지 않다고 생각하니 회한만 남는다. 엄마가 죽고 이제 엄마의 단골 떡방앗간에 갈 일이 얼마나 있을까. 이런 생각을 읽기라도 했다는 듯이 사장님은 우리가 인사를 하고 나오는 뒷모습을 향해 고향을 잊지 말라고 한다. 그 말을 듣고 우리 엄마, 아버지들이 조선의 마음을 간직하고 살아오지 않았나 하는 생각이 들었다. 내가 이 마음을 잊지 않고 산다면 김남주 시인이 말한 조선의 마음도 함께 할 수 있을 것이고 떡방앗간 사장님이 보여준 그 마음 역시 사라지지 않을 것이다. 앞으로 내가 살아있는 동안 참깨, 고춧가루, 참기름 등을 계속 먹고 살아야 한다.

엄마가 살아계실 때는 내가 사지 않고도 먹었지만 이제 직접 사서 먹어야 한다. 고향의 마음, 홍시를 남기는 마음을 기억하기 위해서라도 1년에 한 번 고향을 찾아 고춧가루며 기름이며 참깨를 사 와야겠다. 생각해 보면 돈으로 살 수 없는 가치 있는 모습이 감나무에 까치밥을 남겨 둔 우리네 어머니 아버지들의 마음이었다. 겨울 날 빈 감나무에 앉아있는 까치의 모습이 자꾸 아른거린다.

잘난 척

작년 겨울, 아는 형에게서 전화가 왔다. 이사를 가게 되었다며 필요한 책이 있으면 가져가라고 했다. 나도 책 둘 곳이 마땅치 않다며 전화를 끊으려고 했는데 비디오테이프 300여 개가 있다는 것이다. 그 말에 혹해서 형 집으로 차를 몰고 갔다. 나보다 먼저 다른형이 와서 책을 묶고 있었다. 나는 책은 쳐다보지도 않고 곧바로비디오테이프가 있는 방으로 갔다. 내가 가지고 있는 영화와 겹치는 것이 꽤 있었지만 모두 챙겼다. 한참을 묶다 보니 얼굴에 땀이송글송글 맺혔다. 내 모습을 지켜보던 형이 천천히 하라고 걱정 어린 표정을 지었다.

비디오테이프를 차 트렁크와 뒷좌석에 싣고 돌아왔다. 찬바람을 맞고 나서야 허겁지겁 비디오테이프를 챙기다 놓친 정신이돌아왔다. '형은 이제 가지고 있는 것을 하나 둘 버리는데 나는 형이 버리는 물건을 주워 담느라 한 겨울에 땀을 쏟았구나' 하는 생각이 스쳐갔다. 더욱이 형에게서 천천히 챙기라는 말까지 들으면서 말이다. 사무실로 돌아와 비디오테이프를 정리했다. 개중에 내가 구입하지 못한 영화도 몇 편 있어 '땀 흘린 보람도 있구나' 하는 생각도 들었다. 한 숨을 돌리고 형에 대해 생각해 보았다. 형이 젊은 시절 소중히 생각했던 것들을 버리고 있다는 것이다. 언젠가 술자리에서 이제 무언가 소유한다는 것이 부담스러운 나이가 되었다는 말을 했던 것이 떠올랐다.

나는 형의 그런 모습을 뒤로 하고 비디오테이프를 챙기느라 정신이 없었다. 처음 책과 영화에 눈길이 갔던 30년 전의 내 모습이 생각났다. 문화예술에 전혀 관심이 없었던 시절 순전히 남들에게 잘난 척하려고 책을 읽고 영화(예술영화)에 관심을 가졌다. 그렇게 취미 아닌 취미가 생겨 책과 술, 그리고 비디오테이프(영화)를 모았다. 이런 일을 그동안 쉬지 않고 해왔으니 꽤나 많은 책과 영화가 쌓였다. 술은 모은다는 표현보다는 누군가에게 선물을 받으면 혼자 두고두고 먹었다.

가끔 형제간 모임이 있으면 누나들이 내 술창고를 기습해서 몇 병 없는 술을 한꺼번에 마시고 가는 일도 있었다. 내가 술을 나누지 않는다는 것을 누나들이 알고 있기에 미리 선수 친 것이다. 후배들이 와서 "선배님, 이 책 저 주시면 안 돼요" 하면 나는 곧바로 "안 돼"를 외친다. 그때 후배들은 "그럼 빌려 주세요" 라고 말한다. 그 말에도 매몰차게 거절했다. 그냥 사서 봐. 돈 없으면 내가 한 권 사 줄 게로 상황을 종료시켰다. 그런데 후배들은 알았다고 말하면서 집으로 돌아갈 때 몰래 책꽂이에서 책을 들고 간다. 나중에 책이 없어 수소문해서야 달라고 했던 친구가 들고 갔다는 것을 알았다. 이럴 경우 십중팔구 돌려받지 못한다.

비디오테이프는 비디오 가게가 폐업 딱지를 붙이면 그곳에 가서 좋은 영화를 골라 한아름 들고 왔다. 내가 가지고 있으면서도 좋은 영화가 눈에 들어오면 앞뒤 재지 않고 사게 되는데 그 이유는 누군가에게 선물을 하려는 속셈이 담겨 있다. 비용도 얼마 들지 않고 명화를 선물하는 맛도 느낄 수 있어서 좋다. 이런 즐거움이 지금은 깨지고 말았다. 디지털 시대로 접어들고부터 집에서 직접 영화를 다운받아 보게 되어 비디오 가게가 거의 자취를 감추었기 때문이다.

지적 호기심(잘난 척)에 빠져 월급의 일부를 털어 책을 구입해 오던 날, 잠을 자지 못한 설렘도 있었고 읽는 즐거움 또한 적지 않왔다. 지금 이런 책이 짐이 되어가고 있다. 그런 짐을 아직 나는 후배들이나 필요한 사람들에게 줄 생각이 없다. 책이나 비디오테이프가 생활공간을 점령하다시피 하고 있지만 소유에 대한 욕심이 크고 떨칠 수 없어 동거하고 있다.

풀꽃 같은 문화지킴이들

아파트 현관 앞에서 아이들이 화단에 난 잡초를 뽑아 소꿉장난을 한다. 돌로 콩콩 찧으니 푸른 물이 선하다. 삐뿌쟁이라고도 불리는 질경이다. "요즘은 서울 사람들이 저것도 몸에 좋다고 나물 해 먹는다더라." 화단 앞을 걸어가시던 엄마가 문득 떠오른 듯 말했다. 예전에는 쳐다보지도 않던 풀인데 이제 이것도 좋은 자리에서 나는 것은 죄 뜯어간단다, 하고 덧붙였다. 시골 살 적에는 곧잘 보던 풀이다.

그런데 이제 엄마 말이 아니면 이름도 잊게 생겼다. 이건 애기똥풀, 이건 며느리밥풀꽃, 이건 산국, 이건 취. 수십 년 도회지 생활에 모두 잊어버리고 그저 들꽃 이름을 외우는 사람에게만 반갑다. 바쁘게만 산 세월이라 그런 걸까. 화단에 심은 크고 선명한 꽃만 피고 지는 줄 알았다. 그런데 돌아보니 들꽃이 지천이다. 사람 사이에도 이렇게 들꽃처럼 사는 이가 있다. 지역 문화를 지키며 살아가는 문화지킴이들이 그들이다. 어느 명문대학에서 전공을 한 박사도 아니고, 내공 깊은 스승을 만나 비법을 전수 받은 적도 없다. 누가 그것을 하라며 돈을 지원해 준 일도 없는데 오직 고향이 좋아서, 문화재가 좋아서, 스스로 씨앗을 뿌린 들꽃마냥 사는 사람들이 있다. 고향의 역사를 지키는 향토사학자들도 있고, 자신이 살고 있는 자연에 빠져 숲 해설가로 살아가는 사람도 있다.

내 눈에는 그저 파도가 쓸고 가는 자리일 뿐인 갯벌을 지키는 바다지킴이들도 있다. 젊은 시절에는 좋은 곳을 가도 술꾼들과 술만 먹다 돌아왔는데 아이가 크고 보니 제대로 여행을 한다. 유명한 관광지도 좋고 이름 없는 산골짜기도 좋고, 1박2일, 2박3일, 라면만 끓여 먹어도 아이의 눈으로 보는 풍경은 늘 좋다. 거기에 가끔 문화지킴이를 만나면 더 좋다. 관광객이 드문 툇마루에 앉아 땀을 식히면 슬그머니 나타나 말을 건넨다. 그저 일자무식 우리는 고맙다.

낡고 추레해 보이던 한옥이 그이의 말에 집이 되고 궁궐이 된다. 누군가가 살았던 생활공간이 된다. 그이가 없었으면 심심했을 여행이 살아 숨 쉬는 경험이 된다. 같이 농담도 하고 숨겨진 맛집도 알려준다. 이런 분들이 있어 책에 묻힌 우리 문화가 숨을 쉬고 우리에게 말을 건다.

어디 멀리에만 있을까. 우리 주변에도 이런 지킴이들이 있다. 대전아트시네마를 지키고 있는 강민구 님이 그 중 한 사람이다. 이 분이 지키고 있는 대전아트시네마에서는 상영관을 찾지 못한 예술 영화들이 상영된다. 인터넷에서 1분이면 영화 한 편을 다운받을 수 있는 세상에, 정보가 너무 많아 오히려 정보를 찾기 힘든 시대에, 소외받던 것들은 더 소외되고 말았다. 덕분에 이런 상영관은 귀하다. 영화관에서 개봉 한번 못해 보고 다운로드 파일로 풀리는 세상에서 소신 있는 영화를 지키려는 노력이 눈물겨울 정도다.

물론 이 분 혼자만의 힘이 아니다. 여러 회원 분들이 이 분의 노력을 지지한다. 또 역사와 우리의 옛것을 지키는 문화지킴이도 있다. 수필가 이전오 님이다. 어린이와 청소년들을 데리고 대전의 역사문화 체험 프로그램을 만들어 우리 고장의 옛사람들을 찾아다닌다. 대전이 어떤 모습으로 태어나고 변모했는지, 그 속의 사람들은 어떻게 살았는지 알려준다. 한국사도 가르쳤다 말았다 하는 시대에 정말 귀한 일이다. 이런 분들이 없다면 아이들은 일본이 주장하는 것을 믿고 일본에서 온 선주민들이 우리 조상이라고 말할

지도 모른다.

마지막으로 소개하고 싶은 또 한 분은 계룡문고 이동선 님이다. 서울에서도 큰 서점들이 손을 들고 문을 닫은 지 오랜데, 참고서만 파는 서점만 남은 지금 온전한 서점을 운영하느라 고군분투하고 있는 이 분 역시 우리 지역의 문화지킴이다. 책보다 핸드폰에 익숙해져가는 아이들을 위해 책 읽는 프로그램을 만들어 매주 운영하고 있다. 아이들이 편하게 책을 읽을 수 있는 공간도 만들고 동화도 읽어주고 그 아이들이 조금이라도 책과 친해지도록 안간힘을 쏟는다.

우리가 집에 앉아 편하게 10퍼센트 20퍼센트 싼 책을 사는 동안 어린 시절 다람쥐처럼 드나들며 만화책도 읽고 동화책도 읽던 동네 서점들이 사라졌다. 핸드폰을 들고 버스 안에서 오고 가며 게임을 하고 드라마를 보는 동안, 신간 매대 앞에 눈치보지 않고 몇 시간씩 서서 읽던 번화가의 큰 서점도 사라졌다.

가끔 버스를 타고 사라진 서점 간판 자리를 볼 때마다 서점이 아니라 내 젊은 시절이 문을 닫은 것 같아 슬프다. 이제 내 아이들은 내 기억에 대해 '정말?' 하는 의문 부호만 붙일 테니까. 다른 세대와 같은 문화를 공유하는 것, 그 한 가지가 서점과 함께 사라진다. 계룡문고 이동신 님은 그 사라지는 문화의 귀퉁이를 부여 잡은 문화지킴이다.

누가 알아주지 않아도 불러주지 않아도 풀꽃들이 피었다 진 다. 뽑아도 되돌아서면 한 움큼 자라있던 그 풀꽃들이, 종류를 헤 아릴 수 없던 것들이 어느새 많이 사라져 몇몇만 드문드문 보인다. 예전엔 쓸모없어 보였는데 이제는 어머니 말처럼 귀하다.

잡초를 뽑아서는 안 된다고 말하는 유기순환농법이라는 것도 생겼다. 풀이 곡식이 자랄 숨구멍을 만들어준단다. 잡초처럼 보이 던 그것이 뿌리를 뻗어 땅을 느슨하게 만들어 다른 나무가 좀더 잘 자랄 수 있도록 만들어준단다. 먹고 살기 바쁠 때에는 아무 쓸모도 없어 보이는 일들이었다. 문화지킴이를 보고 고집만 세다고 말하는 이도 있었다. 하지만 그 일들이 커다란 역사의 줄기 사이를 엮어 잔 뿌리를 만들고 물을 주고 좀더 단단히 뿌리를 내리도록 도왔다.

문화지킴이들이 버려지고 잊혀 가는 것들을 걷어 보관하고 정 리하는 사이에 우리는 우리도 모르게 좀더 풍요로워졌다. 들판이 마치 이름 모를 풀꽃으로 더 아름다워진 것 마냥. 이제 우리도 우 리 지역의 문화, 역사에 대해 들판에 코를 드밀고 풀꽃의 향기를 맡듯 그 숨결을 느껴보자.

천주교 정의구현사제단이 종북단체인가

몇 년 전만 해도 팔순을 넘긴 엄마가 지천명을 앞둔 아들에게 성
당에 다녀왔냐고 문안인사 아닌 문안인사를 했다. 그것도 일요일
오후 미사가 두 대 정도 남아 있을 시간에 말이다. 그 이유를 밝힌
다면 자식이 주님을 만나야 할 시간에 다른 주酒님을 만나 몸과
정신을 병들게 하고 있다는 우려 때문이다. 일요일마다 전화를 하
는 엄마가 귀찮아 주일 미사는 지켜야겠다는 일념으로 특별한 일
이 없으면 딸아이를 따라 토요일 어린이 미사에 나갔다. 아이들 미
사라 처음에는 집중력도 떨어지고 몰입이 되지 않았다. 유치원생들
부터 초등학교 6학년까지 다양한 아이들이 미사를 드리다 보니 어
른들 미사에 비해 시끄러울 수밖에 없다.

　　이런 상황에서도 신부님은 아이들 눈높이에 맞추어 미사를
진행했다. 나 역시 몇 달 다니다 보니 나름 어른들 미사에서는 느

낄 수 없는 아이들만의 미사도 괜찮다는 생각을 했다. 미사라는 것이 교회의 예배와 달리 엄숙한 분위기에서 진행되는 경우가 많은데 아이들 미사를 보면 엄숙함은 떨어지는 것이 사실이다. 이런 모습을 볼 때마다 신부님이 어른들 미사보다는 많이 힘들겠다는 생각을 했다.

신부님들이 미사를 집전하는 모습을 본 사람들이라면 누구도 종북단체니 빨갱이 신부니 하는 허튼소리를 하지 못할 것 같다. 그 어떤 종교보다 가난과 소외, 한 발 더 나아가서 민주주의를 지키기 위해 노력했던 단체가 바로 천주교 정의구현사제단이기 때문이다. 정의구현사제단을 놓고 일부 언론들이 술안주로 씹는 오징어로 알고 있는 것 같아 안타깝다. 종교계에서 가장 먼저 박근혜 대통령 퇴진 미사를 드렸기 때문에 이런 올가미에 걸렸다고 볼 수 있다.

정의구현사제단이 그동안 걸어왔던 길을 돌아보면, 독재의 칼이 시퍼럴 때에도 민주인사들의 바람막이가 되어 주었고, 때로는 시국미사를 봉헌하는 일도 진행해왔다. 이런 단체가 종북단체라는 오명을 뒤집어쓰는 모습을 보며 한 편으로 대한민국의 미래도 걱정이 되고 다른 한편으로는 나이롱 신자로서 신부님들 변명이라도 해야 할 것 같아서 글을 쓰고 있다. 500만 명의 신자 중 한 명이지만 그래도 그냥 눈감고 넘어갈 수가 없어 중언부언 이야기를 한다.

지난 대선은 명백한 관권선거(국정원, 경찰, 군)였다. 이미 그 증거가 언론을 통해 드러났다. 이런 상황에서 박근혜 대통령은 침묵으로 일관했다. 선거를 가리켜 민주주의의 꽃이라고 말한다. 선거가 부정으로 얼룩지면 그 선거는 정통성을 잃는 것임을 우리는 이승만 정부 때 이미 경험했다. 3·15 부정선거를 항의하는 학생들에게 총을 들이댔고 결국 흘리지 말아야 할 피를 흘리고 말았다.

민주주의는 피를 먹고 산다는 말을 나는 좋아하지 않는다. 피를 흘리기 전에 그것을 막고 법과 원칙으로 민주주의를 바로 세워야 한다. 이런 방법이 통하지 않을 때 국민들은 피를 흘리고 독재자는 끝내 그 자리를 지키지 못한 채 떠났던 사실을 세계 역사를 굳이 꺼내오지 않아도 우리 역사에서 쉽게 찾을 수 있다.

정의구현사제단이 박근혜 대통령의 퇴진을 요구한 것은 박근혜 정부가 부정선거에 대한 문제 인식이 전무하다는 우려 때문이었다. 어떻게 지켜진 민주주의인데 다시 민주주의가 흔들리게 할 수 있단 말인가. 민주주의가 흔들리면 힘없는 자들의 삶은 고달파지고 언론, 집회, 출판, 결사의 자유가 위협을 받는다. 이런 길을 강요받다 보면 언로는 막히고 끝내 독재의 칼이 국민의 목을 향해 날아온다. 신부님들이 나선 이유는 여기에 있다.

　이런 신부님들에게 종북주의자라고 말하는 사람들이 있다. 생각은 자유고 다양한 사고를 가진 사람들이 많아야 다원화된 사회라는 것을 인정한다고 하더라도 요즘 몇몇 언론사들이나 단체들을 보면 그 도를 넘어 우리 사회의 다양성을 오히려 깨고 획일화시키려는 의도가 아닌가 하는 의심을 버릴 수 없게 만든다.

　피를 부르는 일을 막고 법과 원칙으로 부정선거에 참여한 정부 조직을 일벌백계로 다스리는 것은 너무나 당연한 일이다. 이런 주장이 받아들여지지 않는 현실을 보고 대통령 퇴진 미사의 첫 장면을 연 분들이 정의구현사제단이라는 생각을 한다.

육우

나도 꼰대가 되었다. 지금의 청년들도 언젠가 꼰대 소리를 듣게 될 것이다. 우스갯소리지만 꼰대가 바라볼 때 청년들은 천방지축이고 항상 문제가 많아 보인다. 이 말은 2천 년 전 로마시대에도 나온 이야기다. 꼰대들이 볼 때 뭔가 불안하고 안정되지 않아 보여 이런 말을 하지 않았을까 짐작할 뿐이다. 2천 년이 지난 지금에도 청년을 바라보는 시선은 크게 다르지 않다. 그 당시 청년 소리를 들었던 사람들은 꼰대가 된 뒤 세상을 떠났고 꼰대 세대로서 청년들을 바라보았던 사람들 역시 이 세상에 없다. 꼰대들은 청년들을 그렇게 바라보고 자신의 잣대로 재단했다. 그러나 청년들은 이런 시선을 극복하고 훗날 세상의 주인공으로 자리잡았다.

'청년은 미래의 희망이다.' 이 말을 부정하는 사람은 없을 것이다. 청년들이 앞으로 올 세상의 주인이자 꿈이기 때문이다. 청년

육우 61

들이 일하고 싶어도 일할 수 없는 세상에 살다보니 88만원 세대라는 말이 나왔다. 아르바이트도 경쟁해야 얻을 수 있는 시대, 비정규직도 스펙이 있어야 하는 시대, 취업을 하고 인턴으로 출발하지만 정규직은 쉽게 곁을 내주지 않는 시대에 살고 있다. 정규직이 되었다고 해도 결혼하고 아이 낳고 집 장만 한다는 것은 철옹성처럼 청년들의 앞을 가로막고 있다.

내 주변에도 배울 만큼 배우고 대학 관문까지 통과한 후배가 있다. 새벽 별을 보며 도서관에 나가고 돌아올 때 역시 별을 보며 집으로 돌아온다. K후배가 수능을 본 지 10년이 넘었는데 아직도 자신이 고3 수험생 같다는 말을 넋두리처럼 한 적이 있다. 대체 무엇이 K의 삶을 황폐화시키고 자괴감까지 들게 만들었을까. K만의 잘못일까. 그날 기가 죽어 쓸쓸히 골목길을 걸어가는 K의 뒷모습이 지금도 눈에 선하다.

미래의 주인인 청년들을 우리 사회가 너무 기를 죽이고 있지 않나 생각해 보아야 한다. 젊어서 고생 사서 한다는 말이 있지만 그 말을 여기다 붙일 수 없다는 게 작금의 청년들 현실이다. 우리 사회는 청년들에게 고생할 기회조차도 주지 않고 학교를 졸업하면 백수의 길을 걷는 것이 당연하다는 생각을 심어주고 있다. 무언가

시켜보고 무엇을 할 수 있는지 그리고 무엇이 문제인지 알아봐야 하는데 그런 기회가 원천봉쇄되고 말았다. 이런 청년들을 우리 사회는 백수라고 부르고, 의지가 부족하다고 말한다.

청년들을 혹독하게 다루는 것은 좋다. 하지만 지금 우리 사회는 청년들의 기를 죽이는 것을 넘어 경작할 밭을 내주지 않고 있다. 밭이 있어야 내가 원하는 씨도 뿌리고 그 씨앗을 바탕으로 내년, 내후년 계획도 세울 수 있을 텐데 그런 밭이 없다보니 여러 작물을 심고 싶어도 책에서 배운 농작물 이름만 외우다 시간을 보낸다. 이런 청년들이 시간이 지나 기성세대가 가지고 있는 논밭을 받아 무엇을 경작할 수 있겠는가. 그 논밭에 농사를 지어 과연 알곡들을 수확할 수 있을지 의문이 든다.

어릴 적 소죽을 끓이는 아버지를 자주 보았다. 소가 일하고 돌아온 날에는 지극정성이었다. 하루 세 끼 여물을 따듯하게 끓여 소 앞에 내놓았다. 여름 무더위 속에서 하루도 쉬지 않고 소죽을 끓였고 겨울에는 움막에 바람이 들까봐 살피고 또 살피셨다. 어떤 때는 그런 대우를 받는 소를 보며 샘이 날 정도였다. 이런 아버지의 마음을 알게 된 것은 내가 세상에 나가 일을 하고나서였다. 가장처럼 일한 소는 그런 대우를 받을 만했다.

미래의 주인세대는 지금의 청년들이다. 이 청년들이 우리나라의 미래를 이끌어 간다는 사실을 누구도 부정할 수 없다. 청년들에게 시련을 줄지언정 싹을 잘라서야 되겠는가. 소도 언덕이 있어야 비빌 수 있다. 소를 방치하면 소는 일할 수 없다. 일할 수 없는 소는 훗날 자신에게 주어진 땅을 갈아엎고 쟁기질을 할 수가 없다. 일하지 못하는 소는 육우일 뿐이다.

우리 청년들을 육우로 만들겠다는 생각이 아니라면, 미래에도 청년들에게 논밭을 주지 않겠다는 생각이 아니라면, 더 이상 청년들을 방치해서는 안 된다. 육우는 밭갈이를 하지 않는다. 육우는 들판을 모른다. 황금들녘에서 지는 노을을 볼 수 없는 소가 어찌 밭을 알 것이며 희망의 이름을 부를 수 있겠는가. 청년들을 방치하면 가정도, 사회도, 국가도 동력을 잃고 만다.

청년들을 불판에 올리면 그 후 대한민국은 어떻게 되겠는가. 침착하게 말하려고 했는데 흥분했다. 나이를 헛먹은 것 같다.

인연

서울 생활을 청산하고 대전에 내려온 지 20년이다. 서울을 떠나면서 가장 아쉬웠던 것은 청계천이다. 지금의 청계천 거리가 그리워서가 아니라 먼지 풀풀 날리던 헌책방이 그리워서다. 일주일에 한 번은 들러 사장님 얼굴도 보고 책들도 구경했다. 읽고 싶은 것이 있으면 월급봉투를 열어 책을 사고 밤새 읽었던 기억은 지금도 잊히지 않는다.

인연이라는 것이 꼭 사람과 사람만의 것일까. 사람과 책도 멋진 인연이 되고 삶을 바꾸는 계기가 되기도 한다. 처음에는 그저 책값이 너무 비싸서 헌책방을 들렀는데 지금은 구하기 힘든 책을 구하러 다닌다. 월급 20프로를 떼어 서점에서 새 책을 사도 한 달이 채 못 갔다. 1980년대 공장에서 받을 수 있는 월급이라고 해야 100시간 이상 잔업을 해도 14만 원에 간당간당했다. 잔업에 철야에 시간에 쫓기면서도 그 달에 산 책을 읽으며 즐거워했다. 그러다 우연히 헌책방을 만났다. 심부름을 하러 간 청계천에 헌책방 거리가 군인들 열병식 하듯 늘어서 있었다. 변변한 서점 하나 구경 못했던 깡촌 출신에게는 말 그대로 별천지였다.

그 뒤로 한 달에 기껏 열 권 남짓 보던 책이 서른 권으로 늘었다. 잔업이 없는 날에는 자취방에 돌아와 책을 읽었다. 어느 날은 새벽까지 읽다 지각도 하고 출근길 버스를 타고 가다 내릴 정류장을 놓치기도 했다. 늦게 배운 도둑질에 밤새는 줄 모른다는 말이 무슨 뜻인지 알았다. 무슨 거창한 책을 읽지는 않았지만 그때의 행복한 책읽기가 지금의 나를 만들었다. 그런 청계천 헌책방이 지금 하나 둘 사라져 간다. 대전의 원동 헌책방도 마찬가지다.

대전으로 거처를 옮긴 후 나는 대전의 헌책방 거리를 만났다. 청계천만큼 책방이 많지는 않았지만 대신 거리가 가까웠다. 술을 마시고도 생각이 나면 들러 사장님과 이런저런 이야기를 하고, 빈 강의 시간에 할 일이 없으면 훌쩍 달려가 책을 구경했다. 그렇게 20년이 지났다. 헌책방 사장님들도 내공이 30년, 40년이 넘은 분들이 대부분이다.

책방 주인이 바뀌는 경우도 있었지만 금방 친해졌다. 가끔 돈이 없으면 외상으로 책을 사오기도 하고, 술값이 없으면 책도 팔았다. 나는 헌책방 사장님과 함께 책을 만났다. 밑줄을 긋고 접은 흔적들, 책 앞장에 누군가의 마음이 담긴 사연들, 저자가 사인을 해 준 책들. 일주일에도 몇 번 그 책더미를 뒤지다 아는 얼굴을 만나면 소주잔을 기울였다. 아침부터 비가 내렸다. 그 시절이 지나고 이제 헌책방에서 반가운 얼굴을 만나는 일도 없다. 나도 뜸해졌다. 몇 주 만에 헌책방을 찾았다. 지난주까지 있던 헌책방 두 곳이 사라지고 없었다. 지나가며 분명 있는 것을 보았는데 일주일 사이에 없어진 것이다.

30년 넘게 문을 열었던 '종로서점'이 중고 엘피판을 파는 가게로 바뀌어 있었다. 주변에 물어보니 몸도 좋지 않고 장사도 되지 않아 그만 가게를 정리했다는 이야기였다. 순간 20년이 주마등처럼 지나갔다.

책값을 깎아달라고 떼를 썼던 기억, 다른 손님과 어울려 비좁은 서점에서 튀밥을 안주 삼아 소주를 먹었던 시간, 1월 잡지가 2월이 되어서야 나와 기다렸던 추억까지. 지난주에 들렀으면 작별 인사는 했을 텐데, 막소주 한 잔 정도는 나눌 수 있었을 텐데, 아쉬움이 밀려왔다. 법화경에서는 회자정리 거자필반(會者定離 去者必

返)이라고 하지만 20년 인연인 종로서점을 잃은 마음은 우울하다. 소주 한 병 사 들고 집으로 돌아오는 길이 멀었다. 한 잔을 마시기도 전에 마음이 젖었다. 하나 둘 사라지는 헌책방 사이로 내 젊은 시절이 지나갔다.

　나는 그대로인 것만 같은데 세상의 속도가 무섭다. 먼지 풀풀 일어나는 비좁은 헌책방이 우리 곁을 떠나고 나면 잘 정돈된 대형 중고 서점들이 그 추억을 대신해 줄 수 있을까. 딸아이가 내가 다녔던 같은 곳을 누비고 이야기하길 바라는 건 이제 상상할 수 없는 꿈이 된 걸까.

2부

시 한 편에 130원

스무 살 무렵 공장을 다닐 때의 일이다. 하루 종일 여공들과 일을 하며 수다를 떨고, 집에 돌아가는 길에 친구들과 술을 먹고, 여공들에게 인기 많은 동료 형이 그저 부럽기만 하던 그 단순한 시절 아무렇지도 않게 '형 대체, 어떻게 하면 여자들에게 인기가 많아져?' 하고 물었던 그 한마디가 내 삶을 바꿨다. 시 쓰는 일을 하다 보니 가끔 사람들은 내가 어린 시절부터 책을 읽은 줄 알고 청소년 시절에는 어떤 책을 읽었느냐 묻는다.

하지만 나는 사실 이십대 초반이 될 무렵까지 박봉성, 이현세 만화책 몇 권 말고는 읽은 책이 없다. 시골에서 자라 주위에 책을 읽는 사람도 없었다. 그 형이 내 말을 듣고 빙긋 웃으며 자기 자취방에 가자고 하기 전까지는 수십 권의 책을 가진 사람을 본 일도 없다. 형은 이삼백 권 되어 보이는 책장에서 한 권의 책을 꺼내 건네며 말했다. "이 시집을 읽어봐. 여자들은 뭔가 있어 보이는 사람을 좋아해." 박노해 시인의 『노동의 새벽』이었다. 확인은 하지 못했지만 여공들 사이에서 그 형은 위장 취업을 한 대학생이라는 소문이 있었다. 나는 『노동의 새벽』을 읽고 충격을 받았다. 교과서에서 본 시만 시인 줄 알았는데, 새로운 세상에 눈을 떴다. 이런저런 책을 읽고 시집을 읽으며 내 서재를 갖고 싶다는 야무진 꿈도 꾸었다. 공장을 그만 두고 그 형과 소원해진 이후에도 나는 시집 한 권을 사보려고 막노동을 했다. 소주잔을 기울이며 읽는 시집은 기가 막혔다.

가끔은 시인에게 전화도 하고 객기도 부렸다. 마음에 들지 않는 시집은 냄비받침으로도 썼다. 그렇게 이십 년, 집에 책이 쌓여갔다. 시인이 되고서는 아는 선후배들이 시집을 냈다며 책을 보내, 사지 않아도 시집이 늘었다. 잡지는 꽂을 수도 없어 벽 한쪽에 쌓아 올렸다 가끔 모래탑 마냥 무너졌다. 아내는 좀벌레가 공벌레만큼 통통해졌다며 심통을 부렸다. 그래도 나는 또 모르는 시인의 시집을 산다.

시인이 되어 문단 생활을 한 지도 십 년, 이제 그때처럼 인생을 바꾸는 시집을 만날 것 같지는 않다. 그래도 역지사지라고 시집을 직접 묶어보니 시인의 고민이 손에 잡힐 듯 선하다. 시 한편을 쓰며 얼마나 고민했을까, 시집을 한 권 내려고 출판사를 전전하며 얼마나 자존심이 상했을까. 예전 문학청년 시절 시집을 냄비받침으로 썼던 일이 부끄러워졌다. 시집을 세상에 내놓고 독자를 기다리는 일이 얼마나 지난한가를 몇 번 겪어보았더니, 동병상련인지 시집에 든 시인의 마음이 짠하다.

요즘은 시집도 가격이 많이 올랐다. 인기 작가가 아니라 인세 받을 일이 없어 신경 써 본 일이 없다. 시 한 편 가격이 궁금해져서 계산기를 두들겼다. 팔구천 원짜리 시집 한 권에 55편에서 65편의 시가 묶이니 130원에서 160원. 아이에게 이백 원을 주어도 어디에다 쓰냐고 물어볼 세상인데, 100원 짜리 동전 두 개가 안 되는 시 한 편을 두고 나는 어젯밤에도 끙끙거렸다. 누가 내 시를 읽어주었으면 좋겠다.

누가 내 시를 읽고 마음이 즐겁거나 위안을 받거나, 아픈 마음이 치유되었으면 좋겠다. 누군가와 내 시가 소통할 수 있으면 좋겠다. 나는 매일 이런 꿈을 꾸며 시를 쓴다. 시어 하나를 두고 하루 종일 곱씹는다. 그런데 시를 읽는 일이 어느새 별세계의 일이 되어버렸는지 200원도 안 되는 시 한 편이 전혀 팔리지 않는다.

딸이 좋아하는 악동뮤지션 노래도 한 곡이 500원, 내 시 한 편은 200원. 시도 벅스뮤직에서 다운 받는 세상이 오면 팔릴까?

이제 여대생도 여공들도 시집 몇 권 장식 삼아 손에 품고 다니는 일이 없는 걸 보면 시를 읽는 일이 뭔가 있어 보이는 일이 될 거라고 하던 그 형의 말도 유효 기간이 지났나 보다. 폼을 잡으려고 읽다 인생이 바뀌는 일, 그런 일은 이제 일어나지 않나 보다, 하다가 다시 계산기까지 들고 그래, 겨우 200원도 안 되는 시인 걸, 하고 만다. 괜히 시가 쓰이지 않으니 상념만 잡다하다.

뭇사람들은 관심도 없는데, 나만 시를 들고 울었다 웃었다 한다 생각하니 내가 사는 세상이 마치 유리벽에 갇힌 사파리 같다. 딸이 사먹는 떡볶이 한 컵보다 못한 시, 가을은 말도 살찌는 계절이라는데, 마음 한켠에 시 한 편 얹어봤으면 한다는 바람 말도 못하고 소심하게 이런저런 잡소리만 늘어놓았다.

임을 위한 행진곡

올해도 5·18문학제에 다녀왔다. 광주에 다녀오면 늘 마음이 무겁다. 일부 사람들이나 단체가 광주민주화운동을 아직도 폭동이라고 아무 거리낌 없이 말하기 때문은 아니다. 그런 사람들은 언젠가 죽을 것이다. 그들의 입이 더 이상 열리지 않는 날이 오면 그런 망언은 자연스럽게 사라지겠지만 그것 보다는 국사 교과서조차 광주민주화운동을 구체적으로 다루지 않는 것을 보면 분노를 넘어 절망감에 빠져든다.

5월이 되면 전국에 흩어져 있는 작가회의 회원들이 모여 1박 2일로 5·18문학제를 여는데 첫날은 추모제와 문학상 시상식이 있다. 더불어 '광주민주화운동'의 정신을 되새기며 문학이 나아가야할 방향을 고민한다. 다음날은 5·18국립묘역을 참배하고 이곳에 묻힌 조태일 시인, 김남주 시인, 윤상원 열사 등 민주주의를 위해 싸우다 돌아가신 분들을 추모하고 그 분들의 뜻을 돌아보는 시간을 갖는다.

올해는 전국에서 작가회의 회원 130여 명이 함께했다. 이번에는 5·18추모제뿐만 아니라 세월호 희생자와 실종자들을 기리는 일도 함께 가졌다. 넋을 기리는 공연과 추모시 낭송 등을 통해 '잊지 않겠다', '가만히 있지 않겠다'는 마음을 다잡는 시간이 되었다.

광주에 내려가 보니 작가회의 행사만 소소히 진행되었을 뿐, 5·18민주화운동과 관련된 대부분의 단체는 모든 행사를 취소했다고 한다. 정부가 기획한 행사에 참여하지 않은 것뿐만 아니라 국가보훈처에서 받은 행사 예산을 반납하고 그 행사를 취소한 것이다. 이런 모습을 보면 아직 5·18광주민주화 정신은 현재 진행형이라는 생각이 든다. 세계 여러 나라에서 그 정신을 인정하고 5월 정신에 대해, 민주화운동에 대해 관심을 갖는데 우리 정부는 5·18 관련 단체에서 〈임을 위한 행진곡〉을 공식 행사 노래로 지정해 달라는 요청을 거부하는 이유가 무엇일까.

일부 지각없는 인사들이 '임'의 의미가 북한 김일성 주석을 지칭한다는 이유를 들고 있는데 정부는 그들이 주장하고 있는 근거가 어디에 있는지 따져보지도 않고 있다.

모든 국민이 함께, 한마음 한 몸으로 민주주의를 지키다 돌아가신 분들(광주민주화운동)의 넋을 위로하고 전 세계에 알려 그 뜻을 함께 추모하는 분위기를 만들어도 부족할 판에 노래 한 곡 지정하는 데 정부와 관련 단체가 손발이 맞지 않아 갈등을 겪고 있다는 생각을 하니 답답한 마음 금할 길이 없다.

〈임을 위한 행진곡〉은 소설가 황석영 씨가 1980년대 백기완 선생의 시 「묏비나리」를 바탕으로 민주주의를 위해 목숨을 바친 5월 영령들에 대해 살아남은 자의 부끄러움과 미안함을 담아 만든 곡이라는, 작곡가 김종률 씨가 밝힌 기사를 읽은 적이 있다. 각종 집회에서 이 노래가 불리는데, 또 어디서 북한 김일성 주석을 임으로 지칭했다는 근거를 들고 왔는지 모르겠지만, 이런 황당한 말을 하는 단체의 말을 듣고 정부는 국론 분열이니 뭐니 하는 말로 강 건너 불구경하듯 하고 있으니 어찌할 바를 모르겠다.

민주주의를 지키다 산화한 분들을 기리기 위해 국가가 광주민주화운동을 국가기념일로 지정했다. 이런 기념일에 관과 시민단체가 따로 행사를 하고 올해는 광주민주화운동 관련 단체가 모든 행사를 취소하는 사태를 맞았다. 이 모든 책임은 정부에 있다고 본다. 정부가 노래 한 곡을 놓고 국론 분열이라는 말을 하는 것도 우습지만 〈임을 위한 행진곡〉 대신 〈방아타령〉을 부르자고 말하는 것을 보며 광주민주화운동은 이 정부에 별 의미가 없는 국가기념일이 아닌가 하는 생각이 든다. 5월 영령들의 정신을 새겨도 모자랄 시간에 계속 딴죽을 거는 듯한 정부의 모습은 옹졸함을 넘어 광주민주화운동 정신을 똑바로 보지 못하고 있는 것이 아닌가 하는 생각을 지울 수가 없다.

다시 말하지만 국가가 지정한 국가기념일이다. 기념일이 마음에 들지 않으면 차라리 취소를 할 것이지, 고귀한 민주주의 정신을 정부가 적극적으로 나서서 청소년들에게 가르치고 국민들한테 알리지는 못할망정 오히려 뒷전이다. 우리 정부가 노래 한 곡으로 행사를 파장으로 몰아간다면 광주민주화운동을 폄훼하고 있다는 의심을 피할 수 없을 것이다.

분식집

일주일에 몇 번은 아이를 데리러 모 대학 근처에 간다. 일을 하다 저녁을 놓치면 근처의 식당에 들러 밥을 먹기도 한다. 마땅히 무엇을 먹을지 생각나지 않으면 분식점에 가는 편이다. 메뉴도 다양하고 음식 값도 저렴하다는 이유 때문이다.

최근 몇 번 대학 근처 분식집에 들렀다. 들어서는 순간 눈에 들어오는 문구가 있었다. "김밥 한 줄은 포장만 됩니다." 김밥 한 줄에 1,500원의 가격표가 붙어 있었다. 문장의 의미를 짐작하는 데 크게 어렵지 않았다. 그 정도의 가격을 받고 자리도 내주기 힘들고 단무지나 김치 몇 조각 내놓기도 어렵다는 뜻이었다. 주인장 마음은 충분히 이해가 갔다.

내가 사는 동네에도 몇 달 전까지 김밥 한 줄이 1,500원이었는데 1,800원으로 올랐다. 우리 동네에 비해 300원이 저렴했다. 주인장은 김밥 한 줄 팔아 남길 것이 없다고 해도 가격을 올릴 수 없는 형편이었을 것이다. 대학가 근처라는 특성도 있지만 학생들 주머니가 곧 부모님 주머니 사정이라는 것도 장사를 통해 터득했을 테니까 말이다.

몇 주 전에는 밥을 먹고 있는데 학생 한 명이 들어와 김밥 한 줄을 사서 들고 갔다. 그 친구를 보며 오래 전 내 모습이 스쳐갔다. 재수 시절 돈이 없어 500원짜리 라면으로 점심을 때운 적이 있다. 100원을 더 내면 떡라면을 먹을 수 있었지만 그럴 수가 없었다. 아르바이트를 해서 밥값과 차비, 책값을 빼면 늘 주머니는 비어 있었다. 어디다 손 내밀 곳이 없어 그렇게 살 수밖에 없었다.

지금도 라면을 잘 먹지 않는 게 나이 탓도 있겠지만 그 때에 물렸다고 말할 수 있을 것 같다. 하지만 그 시절 라면이라도 먹을 수 있었던 것에 감사하고 있다. 부모님이 부는 물려주지 못했지만 건강한 몸을 주어 아르바이트라도 해서 추억처럼 이야기할 수 있기 때문이다.

엊그제 저녁을 먹기 위해 분식집에 다시 갔다. 문을 열고 들어섰는데 학생들이 한 무더기 앉아있었다. 줄잡아 십여 명 정도 되어 보였다. 옆에 앉아 그들의 모습을 본의 아니게 보게 되었다. 한 친구가 돈을 걸었다. 어떤 친구는 3,000원을 내고 어떤 친구는 2,000원을 내고 어떤 친구는 내지 못하는 경우도 있었다. 그렇게 모여진 돈이 2만 원도 채 되지 않았다. 떡볶이 몇 인분, 김밥 몇 줄, 라볶이 등을 시켜 늦은 만찬을 시작했다.

학생들을 보며 얼마 전에 유행한 이야기 "아프니까 청춘이다"라는 말이 공허한 메아리처럼 들렸다. 이 친구들이 성장해 사회에 나가면 우리나라를 이끌어갈 재목들일 텐데 어린 얼굴이 벌써 생활에 찌들어 그늘이 졌다. 예전이라고 대학생들이 가난하지 않았던 것은 아니다. 그런데 지금이 더 서글프게 보이는 건 개천에서 용 나는 일이 점점 낙타가 바늘구멍 들어가는 것 보다 힘들어져서일 게다.

가난을 극복하고 훌륭하게 성장하여 자신의 힘든 시절을 추억하며 가난한 사람을 돕는 사람도 있고 자수성가한 사람도 소수지만 아직 우리 사회에 존재한다. 나는 내가 본 학생들이 훗날 학창시절에 대해 누군가에게 이야기하며 그 시절을 그렇게 보냈다고 웃을 수 있었으면 좋겠다. 비록 지금은 라면을 먹더라도 내일은 다를 수 있다는 희망이 있었으면 좋겠다. 하지만 대부분이 가난했던 예전과는 다르다.

    돌아보면 어떤 친구는 벤츠를 몰고 겨울마다 스키를 타러 다니거나 어학연수를 가는데, 누구는 분식집에서 주머니를 턴다. 공부하는 것도 힘이 드는데 배까지 고프다. 이제 대학 구내식당들은 거의 직영을 하지 않는다. 말도 많고 탈도 많고 손도 많이 가서 그냥 대기업에 맡기는 게 편해서일 게다. 기업들을 향해 사회사업을 하라고 말할 수는 없는 노릇이다. 정부든 대학이든 누구든 나서서 대학생들이 배까지 고픈 일만은 없도록 해야 하지 않을까. 그 일은 미래의 대한민국 주인이 될 수밖에 없는 학생들을 위해 투자한다는 이유만으로도 충분한 가치가 있어 보인다.

대자보에 대한 추억

학내에서 자신의 생각을 다른 학우들과 나누기 위해 전지에 검정색 매직이나 붉은색 매직으로 밤새 글을 써서 게시판에 붙이거나 벽에 도배를 했던 기억이 새롭다. 이런 소통의 문건이 예전에 비해 지금은 다양하게 쓰이고 있다. 1980년대나 90년대 초반 어느 대학을 가던 볼 수 있는 풍경이 대자보였다. 내용을 읽어보면 사회문제의 글이 다수를 차지했다.

요즘은 사회문제에 대한 글은 사라지고 그 자리를 개인 이야기(사랑고백)나 종교적인 문제, 동아리 활동, 스터디 그룹, 주식투자 모임을 함께하자는 글도 엿볼 수 있다. 시대가 변하다 보니 각자 바라보는 시선도 다르고 생각도 달라 이런저런 글들이 눈에 띄지만 386세대들은 상아탑이나 지성인이라는 말에 자부심도 나름 가지고 살았다. 사회 문제에 가장 민감하게 반응하고 스스로 공부하며 좀 더 나은 세상을 만들기 위해 청춘들은 고민했다.

이런 고민과 실천 덕분에 독재를 몰아내고 민주화된 사회를 만들 수 있었다. 한때 대자보가 사회에 어떤 역할을 했던 모습에서 벗어나자 사회에 대한 고민도 함께 사라졌다. 세상이 점점 좋아져서 사회문제를 다루는 대자보가 사라졌다면 더없이 행복할 텐데 그렇지 않아 보인다. 며칠 전 고려대 학생이 교내 게시판에 대자보를 붙였다는 기사를 읽고 나 역시 그 글을 일독했다.

솔직하게 말한다면 학생들이 사회문제보다는 개인 문제에 고민을 더 많이 하고 대학생이라는 단어가 무게감도 떨어진 지 오래라고 생각했다. 그런데 대학생들이 개인의 스펙 쌓는 일에만 매달리지 않고 내 이웃에 대해 그리고 내가 사는 사회에 대해 고민도 하고 있다는 것을 읽을 수 있었다. 이런 글에 답글이 달리고 댓글이 달려 있는 모습을 보며 한편으로 '아직 청춘들의 피가 식지 않았구나' 하는 안도의 마음이 들었다. 내용을 요약한다면 학우들을 향해 "잘 지내고 있나요?"라는 말을 던지고 있다.

세상은 늘상 약한 자들이 코너에 몰려 힘들어 하고 청춘들은 졸업을 하면 88만원세대라는 딱지를 달고 사회에 나간다. 이런 현실에 살다보니 내 이웃에 대해 나와 함께 다니는 학우에 대해 "안녕하세요"라는 인사를 못한 채 살고 있다는 생각이 들었다. 안녕하지 못하면서 안녕한 척 살아간다는 것이 얼마나 힘든 일인가. 안녕하지 못한 사람들은 인사를 하는 것도 받는 것도 어렵다. 이런 모습이 얼마나 불행한 일인지 우리는 생각해 볼 때다. "여기 아픈 사람이 있어요. 내가 아파요"라는 말을 끝내 하지 못하고 대부분의 사람들은 자신의 이익에만 눈에 불을 켜고 좇는다.

교내 게시판에 대자보가 얼마나 큰 역할을 하고 힘이 되겠냐고 말할 수 있겠지만 나는 생각이 다르다. 아프면 아프다고 말할 때 세상도 그 말에 대해 응답을 한다. 청춘들의 침묵은 결코 금이 되지 못하고 죽음이 될 수도 있다는 생각을 해야 한다. 더 나아가서 방관으로 빠져들면 그 때부터 청춘들의 삶도 권력을 쥐고 있는 사람들에게 붙잡혀 방치당하고 만다.

고려대학교 학생이 쓴 대자보에 대해 또래 청춘들의 반응은 예상을 뛰어넘는 반향을 일으키고 있다. 말은 하지 않아도 우리 사회가 그만큼 아프다는 반증이다. 아프면 아프다고 말할 수 있는 청춘이 되어야 한다. 문제가 있다면 문제가 있다고 손을 들고 질문을 하는 청춘이 많아야 우리 사회가 건강해진다. 눈을 감으면 감은 시간만큼 어둠도 깊어진다. 반대로 눈을 뜨고 세상을 바라보면 그 시간만큼 빛을 만날 수 있다. 이 평범한 진리를 나 역시 오랫동안 잊고 살지 않았나 반성해 본다.

김남주문학제

"나는 시인이 아니다. 시인이라 불리어지는 것 보다는 전사로 불리어지는 것이 좋다." 이런 삶을 살다간 사람이 있다. 바로 김남주다. 내년이면 김남주 시인이 운명한 지 20년이 된다. 어느 겨울 날 나는 그의 추모제에 참석했다. 그날의 기억을 더듬어 보면 100여 명의 추모객들이 야외에 앉아 우리 곁을 훌쩍 떠나버린 시인을 기억했다. 행사가 끝나고 사람들은 흩어졌고 나 역시 후배들과 홍대 뒷골목을 전전하다 막걸리 집을 찾아들었다.

살아생전에 한 번도 만나지 못했지만 그의 시로, 그의 육성으로, 그가 얼마나 전사가 되고자 노력했는지 짐작할 수 있었다. 시로는 세상을 바꿀 수 없다는 생각이 그를 시인이라는 이름보다 전사라는 이름으로 불리고 싶게 했는지도 모르겠다.

세월이 흘러 그가 세상을 떠난 지 19주년이 되어서야 그가 태어나고 어린 시절을 보내고 공부했던 해남의 생가를 찾을 수 있었다. 때늦은 후회지만 너무 늦게 찾았다는 죄책감이 마음 한쪽을 무겁게 했다. 그 이유를 밝힌다면, 나를 시 쓰게 만든 장본인이 바로 김남주 시인이기 때문이다. 1980년대 김남주와 박노해 시인의 시를 읽으며 세상을 향해 내 생각을 말하고 싶었다. 나의 시의 출발점은 두 시인의 시집으로 시작되었다고 해도 과언이 아니다.

시가 세상을 바꿀 수 있을 것이라는 환상에서 깨어나기까지 나는 오랜 세월 방황했다. 시를 쓰면 쓸수록 갈증은 커져만 갔고 세상은 시로 바꿀 수 없다는 생각이 점점 명확해졌다. 그것을 깨닫고 나니 나만이라도 변할 수 있으면 좋겠다고 생각했다. 그러나 지금은 그 생각마저 이룰 수 없다는 것을 절감하고 있다.올해로 김남주문학제는 14년을 맞이했다. 전국의 여러 문인들이 참석하고 함께 어울려 김남주의 문학과 삶에 대해 이야기했고 김남주가 꿈꾸었던 세상에 대해 고민했다. 공연과 시낭송, 문학 강연, 작가 사인회 등 여러 행사가 준비되어 독자와 작가들의 만남이 자연스럽게 이루어졌다.

밤이 깊어가고 사람들은 하나 둘 집으로 발길을 돌렸다. 몇몇 작가들이 남아 김남주 시인의 시가 노래로 만들어진 곡을 부르며 그를 그리워하기도 하고 미안한 마음을 나누기도 했다. 그가 꿈꾸었던 세상이 무엇이었는지 우리는 지금 잊고 산다는 죄책감 때문이었다. 노동자도 금토일은 쉬어야 한다는 김남주 시인의 말은 간데없고 비정규직만 양산하고 있다. 뿐만 아니라 요즘 세상 돌아가는 분위기를 보면 30년 이상 뒤로 후퇴한 느낌도 한 몫 거들었다.

김남주 시인이 생존에 있다면 작금의 세상을 어떻게 생각했을까. 다른 것은 모르겠고 시인이라 불리어지는 사람들에게는 크게 호통을 쳤을 것 같다. "시인이 대체 뭐하고 사냐. 시인이라는 것들이 세상에 대해 이렇게 무관심할 수 있는 것인가." 19년 전에 세상을 떠난 그의 쩌렁쩌렁한 육성이 금방이라도 내 귓전을 때릴 것만 같다.

김남주문학제를 마치고 돌아오는 길, 시인의 길에 대해 다시 고민해 보았지만 고민을 하면 할수록 고민에 머물 수밖에 없었다. 김남주 시인이 외쳤던 "나는 시인이라고 불리어지는 것 보다는 전사라고 불리어지고 싶다"처럼 왜 그가 시인보다는 전사가 되어야 한다고 했는지 작금의 세상 모습을 보면 그의 생각이 더 선명해진다. 그리고 시인이라는 말조차 듣기에 민망하고 부끄러운 시간을 살고 있는 내 모습이 기차 유리창에 비쳤다.

내년이면 김남주 시인 서거 20주년인데 지금 유리창에 비추어진 이 모습으로 참석해서는 안 될 것 같다.

※김남주(金南柱, 1946년 10월 16일~1994년 2월 13일)는 대한민국의 시인, 시민·사회 운동가이다. 유신을 반대하는 언론인《함성》(뒤에《고발》로 개칭)을 발간하였고 인혁당 사건, 남민전 사건으로 투옥되었으며, 민청학련 사건의 관련자로 지목되어 고초를 겪었다. 1980년 남민전 사건에 연루(連累)되어 징역(懲役) 15년을 선고받고 수감되었다가 1993년 2월 문민정부 출범 이후 대통령의 특별 지시로 석방되었다. 1994년 췌장암으로 서거.(위키백과 인용)

아버지

아버지는 내가 일곱 살 봄을 맞이할 때 내 곁을 떠났다. 그 후 아버지가 많은 시간 나에게 필요했지만 죽은 아버지는 돌아올 수 없었다. 아버지를 그리워하다 미움이 자랐고 그러는 동안 어느새 나역시 아버지가 되어 있었다.

우리네 아버지들은 60대에 농사를 짓다 세상을 떠나거나, 도시였다면 노동일을 하다 삶을 마치는 경우가 대부분이었다. 가족을 위해 제대로 쉬지도 못한 채 살다간 아버지들의 모습은 지금 생각해 보아도 애잔함으로 남는다. 이런 아버지가 역사의 한 귀퉁이에 이름을 올릴 수 있다면 좋을 텐데 그것은 욕심일 뿐이고 자식들 마음에라도 그 이름이 새겨지면 성공한 삶을 살았다고 말할 수 있을 것이다.

대부분의 자식들은 아버지의 애틋함보다는 어머니에 대한 애

툿함이 한 쪽 가슴을 차지하고 있다. 나 역시 아버지보다는 어머니가 마음속에 더 깊숙이 남아있다. 함께 해온 세월이 그렇게 만들기도 했지만 어머니가 아버지의 역할을 해왔기에 더 강하게 자리 잡았는지 모르겠다.

박근혜 대통령도 아버지라면 애틋함을 넘어 어떤 철학을 가지고 있지 않을까 짐작해본다. 아버지가 우리 현대사의 중심에 있었고 죽은 지 30년이 지났지만 여전히 인구에 회자되듯 거론되고 있다. 평가 역시 긍정과 부정이 뒤엉켜 정치적 이슈가 있을 때마다 격론이 벌어지고 있다. 아버지는 대통령으로 18년을 보냈고 이후 세월을 이겨낸 딸 박근혜 씨가 대통령이 되었다. 우리 현대사에서는 처음 있는 일이고 앞으로 이런 일이 다시 생길 수 있을지 상상해보지만 가능성은 크지 않을 것 같다.

박근혜 대통령한테 아버지는 어떤 모습으로 남아있을까. 정치인 이미지가 더 각인되었을까 아니면 필부들이 생각하는 아버지의 기억이 더 많이 살아있을까. 어떤 모습이 되었든 박 대통령 역시 아버지라는 이름 앞에서 애틋할 수밖에 없을 것이다. 비록 아버지가 대통령이 아니고 박근혜 대통령 역시 대통령이 아니더라도 말이다.

오늘 하루를 살면서 내 아버지의 이름을 되새기며 살아가는 필부들이 얼마나 될까. 가끔 아버지라는 내 자리가 힘이 들 때 죽은 아버지를 떠올린다. 역지사지하는 마음으로 아버지를 생각하며 아버지의 삶을 이해하려고 노력한다. 아버지도 어쩔 수 없이 그렇게 가족 곁을 떠날 수밖에 없었을 것이다. '가장으로서의 삶이 힘들다.' 이런 생각을 하면 아버지를 향했던 미움보다는 애틋함이 더 가까이 다가온다.

나는 박근혜 대통령이 아버지 박정희 대통령의 삶에 대해 필부들의 아버지 삶이 아닌 대통령으로서의 아버지가 걸어온 삶을 고뇌했으면 좋겠다. 아버지의 긍정적인 평가보다는 부정적인 평가에 초점을 맞추어 그것을 극복하며 남은 임기를 보냈으면 한다. 필부들의 아버지는 가정에 영향을 미치지만 대통령은 국민 전체와 우리 미래에 대해 영향을 끼칠 수밖에 없다.

박근혜 대통령이 아버지의 긍정적인 부분은 계승하고 부정적인 부분은 자식이 아닌 한 나라의 대통령으로서 냉철하게 바라보고 과감하게 단절했으면 좋겠다. 그게 국민을 사랑하는 진정한 마음이 아니겠는가.

대한민국 가장들은 아버지라는 이름표를 달고 오늘을 살아내고 있다. 지금 내게 욕심이 있다면 내 아이에게 존경받는 아버지의 모습으로 남고 싶다. 가장이라면 누구나 갖는 가장 큰 꿈이 아닐까. 아버지가 어떤 삶을 살았든 필부들의 삶은 가정의 울타리 안에서 크게 벗어나지 않는다. 하지만 지도자의 길을 걷고 있는 박근혜 대통령은 필부들처럼 아버지를 애틋하게만 바라보아서는 안 될 것이다. 이 시대를 힘들게 살고 있는 이 땅의 아버지들을 진정으로 생각한다면 말이다.

내 이름 뒤에 붙은 시인이라는 단어

머리카락을 길러 묶고, 생활한복을 입고, 고무신을 신고 다니다 보면 받는 질문이, 뭐 하는 사람인가, 이다. 오해를 한 식당 사장님이 절에서 나왔냐며 인생 상담이라도 받을 기세다. 나 역시 사람이 하고 다니는 모양새를 보고 판단하는 경우가 있다. 사람을 만나면 그 사람의 얼굴부터 본 적이 많다. 나는 왜 이런 복장으로 지난 7년을 살아왔을까.

나름 이유도 있고 목적도 있다. 나를 처음 본 아이들에게 가장 많이 받는 질문 중 하나가 생활한복을 입고 고무신을 신고 다니면 창피하지 않느냐는 것이다. 나는 머뭇거림 없이 창피하지 않다고 대답한다. 우리 옷을 입고 다니는 데 창피할 일이 어디에 있겠는가. 그뿐만이 아니라 땀이 많은 나는 양복을 입으면 관절이나 사타구니 쪽에 습진이 일어난다. 생활한복은 그 점을 막아주기에 안성맞춤이다.

고무신 역시 생활한복과 어울리기도 하지만 구두보다 청결하기고 경제적이다. 이런 점 말고도 어디를 가든지 사람들의 시선(4년 전만 해도)을 금방 잡을 수 있고 아이들에게 내 모습을 인식시켜주는 데 내 복장이 도움이 되기도 한다. 다른 선생님들과 달리 생활한복에 고무신에 거기다가 머리카락까지 길러 묶고 다니니 아이들이 양복을 입고 구두를 신고 짧은 머리 스타일을 하고 다니던 시절보다 나를 훨씬 더 잘 기억하기도 한다. 말하자면 내 생활습성에도 좋고, 직업적인 면에서도 효율적이다.

그런데 이 복장이 시인입네, 하는 내 두 번째 모습과 만나면 면구스러워진다. 마치 겉치레 같아서다. 시인이라면 시를 잘 쓰는 것이 무엇보다 중요한 일인데, 마치 겉모양에서 시인입네, 하는 것 같아 부담스럽다. 시인이라면 세상(태평성대) 어떤 것과도 친구가 되어서는 안 된다는 명제도 안고 있다. 세상과 타협하는 것보다는 반목을 생각해야 하고 때로는 그늘을 껴안을 수 있는 마음도 가지고 살아야 한다. 그뿐만 아니라 사물을 바라보는 냉철한 사고도 잃지 말아야 한다. 시인이라는 말에 이런 것들이 숨겨져 있어 함부로 시인입네 하기가 어렵다. 우리 사회 곳곳에서 아파하고 있는 사람들이 너무 많기 때문이다.

제주에서(해군기지 반대), 밀양에서(송전탑), 쌍용차 해고노동자들(대한문 시위)이, 두물머리 철거지역 농민들이(4대강), 사회적 약자들(장애인, 차상위계층)이 시름시름 앓고 있다. 이런 소리를 들으면 시인들은 불편해야 한다. 세상의 파수꾼 역할을 하는 사람들이 여럿 있겠지만 그 중 시인들도 그런 부분을 담당하는 사람이 되어야 하는데, 먼저 밝힌다면, 나는 그 부류에 끼지 못하고 있다.

시대정신을 대변하지도 못하고 시인정신을 언제 가지고나 있었는지 흐릿하기만 하다. 시대가 부르지 않아도 시인들은 먼저 반응하는 촉수가 있어야 하는데, 언제부턴가 무언가에 잘려 나갔는지 소외나 가난, 민주주의가 후퇴하고 있는데도 무관심해지고 있다.

이런 모습으로 생활한복을 입고 고무신을 신고 머리카락을 길러 묶고 다니고 있는 내 모습을 거울 앞에서 발견하면 처량함을 넘어 애처로워 보인다. 그 동안 보여주는 것에만 신경을 쓰고 살지 않았는지 하는 생각도 들고 한편으로 좋은 작품을 쓰고 시대를 대변하는 시인정신을 가지고 살고 있는 시인들에게 한 일 없이 내가 무임승차하는 것 같아 미안한 마음마저 든다.

원도심 활성화

도시의 퇴색은 사람의 발자취가 뜸해지면서 시작된다. 화려했던 시절은 거리에서 찾을 수 없고 늦가을 낙엽이 뒹구는 모습만 도심의 거리를 증거하고 있다. 그곳에서 생계를 지켰던 사람들은 스러져가는 상권을 보며 가슴이 무너져 내릴 수밖에 없을 것이다. 이런 과정을 거쳐 무너진 시장이나 도심이 한 둘이 아니다.

과거의 영광을 뒤로한 채 지켜만 보아야 하는 상인들 마음은 말해서 무엇하겠는가. 거대자본에 밀리고 쇼핑의 편리성에 밀리다 보니 젊은 층은 시장이나 구도심보다는 대형마트나 신도시를 찾아 사람을 만나고 물건을 산다.

몇몇 시나 시장 상인들이 여러 자구책을 세워 다시 끊어졌던 발길을 돌리는 시장도 생겨나고 구도심이라는 이미지를 벗고 젊은 이들의 거리로 탈바꿈하고 있는 사례도 소개되고 있다. 그런가 하면 세월의 뒤안길로 밀려나는 시장이나 도심을 더 이상 어떻게 하지 못하고 속수무책으로 손을 놓는 일도 많다. 대전 원도심도 한때 시청이 있고, 도청이 있고, 법원이 있었는데 모두 이사를 가는 바람에 공동화 현상에 빠져들었다. 원도심을 살려보자는 취지에서 대전문화재단에서 원도심 활성화 사업을 공모했다. 여러 단체에서 기획안을 내고 그중 몇몇 단체가 사업을 따내 일을 했다.

각 단체는 여러 프로그램을 만들어 문예진흥기금으로 이런저런 원도심 활성화 사업을 진행 중이거나 마무리에 접어들었다. 내가 소속되어 있는 단체도 올해 원도심 활성화 사업에 기획안을 올려 사업을 진행하고 있다. 이 사업의 한 꼭지를 담당하다 보니 원도심에 대해 더 많은 생각을 하게 되었다. 여러 단체에서 진행하는 사업인 탓에 각자 자신의 기획안을 가지고 충실히 실천하고 있을 테지만 손발이 맞지 않는 경우도 있었다. 세 단체(대전문화재단, 원도심사업 참가단체, 상인들)가 하나가 되어 이 문제를 고민을 해야 하는데 그러지 못하다는 생각을 했다.

우선 대전문화재단의 역할이 있고 다음으로 사업을 진행하는 단체의 역할, 마지막으로 원도심에서 가게를 하는 상인들의 역할이다. 음악으로 보면 삼박자가 잘 맞아야 하는데 어느 한 쪽은 원도심의 공동화 현상을 어쩔 수 없는 시대의 흐름으로 받아들이는 것 같아 아쉬움이 크다.

대전문화재단은 원도심 활성화를 위해 어떤 단체가 더 잘하고 좋은 기획안을 내놓아 사업을 충실하게 할 수 있는가를 찾아 그런 단체에 문예진흥기금을 지원하면 될 것이다. 문화재단의 역할에 대한 긴 이야기는 지면이 다시 할애된다면 좀 더 구체적으로 논의하고 싶다. 먼저 이번 글은 원도심에서 살고 있는 상인들의 모습에 대한 이야기다.

내가 소속되어 있는 단체가 하고 있는 사업은 원도심 활성화 자료조사 사업이다. 원도심에서 살았던 작고 문인들이나 생존해 있는 문인들의 발자취를 찾아보고 그것을 자료화해서 문화상품화를 하고자 하는 의도가 깔려있다. 문인들이 살았던 건물에 표지석을 만들어 사람들에게 알려 공동화되고 있는 원도심에 사람들이 찾아오게 하는 목적도 담고 있지만 한 발 더 나아가서는 대전 원도심에서 살았던 문인들의 삶의 거리를 문학 자료로 남기는 일도 포함하고 있다.

유럽의 여러 나라는 그 지역에 유명한 문인이 단 몇 달만 묵었어도 그의 이름을 딴 거리를 만들고 심지어 그 예술가가 어느 카페에서 차를 마신 자리를 알려 명사의 집이 되게끔 상품화를 한다. 상품화를 한다는 것이 꼭 좋다는 뜻은 아니지만 원도심의 활성화를 생각해 본다면 이런 일도 중요한 방법임에는 틀림없다. 이번 사업을 위해 작가가 머문 건물을 찾아갔다. 가게 주인들에게 사업의 취지를 설명했는데 반색하는 모습은 거의 찾아볼 수 없고 오히려 귀찮다는 얼굴을 하거나 관심 없어 하는 경우가 대부분이었다. 심지어 표지석을 가게에 설치해주고 지도를 만들어 이 건물을 알리겠다고 해도 관심을 끌지 못했다.

내가 원도심 활성화 사업에 대한 취지를 잘못 설명해서 가게 주인들이 제대로 받아들이지 못하는 경우도 분명 있을 것이다. 또 그런 사업을 해 보았자 가게 매출에 도움이 되지 않는다는 생각을 하거나 판단했을 수도 있다. 이번 사업을 맡은 단체들의 노력도 중요하지만 그에 못지않게 가게 주인들의 사고도 좀 더 적극적으로 바뀌면 좋겠다는 생각을 했다.

원도심에 관한 일은 누구 한 사람이 열심히 뛴다고 해서 쉽게 풀릴 문제는 아니다. 대전문화재단이나, 원도심 활성화사업을 하는 단체 그리고 원도심에 많은 사람들이 찾아오기를 바라는 가게 주인들이 한 몸이 되어 똘똘 뭉쳐도 결코 쉽지 않은 일이다. 지나가는 사람을 무조건 납치해서 잡아올 수도 없는 노릇이고 이 사업의 주체인 상인들이 가장 적극성을 보여주어야 할 때다.

누가 뭐라고 해도 주체는 상인들이다. 상인들이 먼저 사람들이 찾아오게끔 해야 한다는 뜻이다.

기우제

살다 보면 쥐덫에 잡힌 것 마냥 절망적이고 절실한 순간이 올 때가 있다. 주위를 돌아보면 그 순간에 어떤 사람은 본성을 잃고 울부짖으며 살아남으려고만 하고, 어떤 사람은 자신의 삶을 되돌아보며 반성하고 자신이 어떤 일을 해야 할지 고민하고 실천에 옮기고, 또 어떤 사람은 넋을 놓고 삶을 포기하기도 한다. 고백하건대 나는 50년 가까이 살아오면서 단 한 번도 이런 지경까지 간 적이 없다.

그래도 비슷했던 기억은 있다. 중학교 2학년 겨울날이었던가, 뒤주(쌀통)에 먹을 것이 떨어졌다며 시름에 찬 엄마를 보고 막막함을 못 이겨 엄마에게 "이렇게 열심히 사는데 왜 엄마는 돈이 없어?" 하고 물었다. 그날 엄마는 아무 말도 하지 않았다. 세월이 지나 세상물정을 조금 알고 나서야 그 당시 듣지 못했던 엄마의 대답을 스스로 터득할 수 있었다.

지난 주 토요일(2014년 3월 15일) 유성기업 희망버스에 동참했다. 대전시청 역에서 출발하는 희망버스가 있었지만 개인 사정으로 버스에 타지 못하고 직접 차를 몰고 옥천으로 향했다. 광고탑에 올라 다섯 달을 보내고도 사측으로부터 그 어떤 희망 섞인 말을 듣지 못하고 있는 이정훈 씨를 응원하겠다는 알량한 연대의식을 품고 말이다.

내가 도착을 했을 때 전국에서 온 희망버스와 경찰버스가 즐비하게 도로에 늘어서 있었다. 이정훈 씨를 응원하고 지지하는 사람들이 줄잡아 수천 명은 되어보였다. 경찰은 어떤 상황을 경계하기 위해 왔고 한 쪽은 벼랑 끝에 서 있는 노동자의 절규를 듣고 우리도 당신과 생각이 같다는 것을 보여주기 위해 왔다.

그런 점에서 나는 이방인 같았다. 지금 내가 왜 여기에 와서 생면부지인 이정훈 씨의 모습을 보고 있는가. 어떤 동질감이 있어 30미터 광고탑에 의지하며 혼자 외롭게 싸우고 있는 저 사람에게 내가 할 수 있는 말이 대체 무엇인지 도통 생각이 나지 않았다.

이런저런 생각이 봄바람에 흐느적거릴 때 이정훈 씨 아내가 간이 연단에 섰다. 남편이 아무리 나쁜 일을 하고 있더라도 아내의 마음은 아프고 또 아플 수밖에 없는 상황이 눈앞에 펼쳐지고 있었다. 남편은 겨울을 건너 이제 봄의 문턱에 와 있는데 단 한 번이라도 좋으니까 남편의 외침을 들어달라는 호소였다. 유성기업 사장님께, 나같이 무관심으로 일관하는 사람들에게 온몸으로 그렇게 말하고 있었다. 한 집안의 가장이 다섯 달 넘게 퇴근하지 못한 채 엄동설한에 광고탑에 올라 세상을 향해 저렇듯 목메어 말을 하고 있는데 그 아픔을 뒤로하고 왜 저러고 살까, 하는 사람들이 나를 포함해 세상에 너무나 많은 것이 아닌가 하는 생각이 아지랑이처럼 피어났다.

상대방이 너무 아프다고 말을 하는데 "다들 그러고 살아"라고 말한다면 세상은 어떻게 될까. 적당한 말은 생각나지 않았지만 나도 언젠가 이정훈 씨 처지가 되어 소리를 질러도 공허한 메아리로 끝나고 말 것이라는 두려운 마음이 일어났다. 뒤주(쌀통)에 끼니가 떨어져도 내 탓이라는 말을 되새김질하며 눈물을 삼켰던 엄마의 모습이 그 순간 왜 떠올랐을까.

인간의 역사까지 들먹이지 않더라도 5만 년의 인류의 문명을 놓고 인간이 인간을 가장 많이 괴롭히고 심지어 죽이기까지 했다. 대체 무엇을 위해 이런 짓을 서슴없이 했고 지금도 하고 있을까.

이런 인간이 짐승들과 뭐가 다르다고 말할 수 있겠는가. 다른 무엇도 아닌 이정훈 씨가 말하고 있는 것은 "잠은 자고 일을 하자"는 것인데, 그게 그렇게 들어주기 어려운 말일까? 백기완 선생은 이정훈 씨를 응원하러 와서 말했다. "비가 오지 않으면 기우제를 지내는 것이 당연한 일이다. 그리고 끝내 비를 내리게 하는 것은 기우제 때문이다. 비가 내릴 때까지 기우제를 지내는데 하늘도 별 수 없을 것이다." 이런 기우제를 인간이 언제까지 할 수 있겠는가.

인간이 자연과 싸울 수는 없다. 하지만 인간이 만든 잘못된 제도와 잘못된 사고와는 얼마든지 기우제를 지내듯 싸울 수 있다는 생각을 한다. 사람이 결정하고 사람이 할 수 있는 일을 절실하게 기우제를 지내듯 해야 할까. 한 가정을 파괴하고 누군가의 아빠이자 남편을 다섯 달 넘게 퇴근시키지 않는 회사가 더 이상 이 땅에 생기지 않았으면 하는 바람뿐이다.

기우제 없는 봄날의 약비를 기다리는 내가 너무 순진한 걸까.

시인들이여, 부활하라

1970-80년대에는 민중시가 대세였다. 시인들은 독재에 맞서 시를 쓰고 그 시를 읽는 독자들은 공감했다. 1990년대로 접어들면서 민중시인들이 하나 둘 사라지더니 지금은 그 자취를 찾을 수 없을 정도다. 민중시를 썼던 시인들 중, 몇은 자연스럽게 시류의 흐름에 따라 시를 쓰면서 그 이름을 유지하며 살고 있기도 하지만, 대부분의 민중시인들은 한 시대와 더불어 막을 내렸다.

사실 민중시라는 것을 리얼리즘의 한 장르라고만 치부하기에는 부족함이 있다. 그 시대의 민중시는 소외받고 자본에 천대받은 노동자, 농민, 도시 빈민층들이 주요한 글감이었고 더불어 민주주의를 갈망하는 사람들의 마음을 대변했다. 지금은 원로라 불리는 고은, 신경림, 정희성, 김준태, 김정환 시인 등이 민중시를 써왔고 뒤를 이어 백무산, 송경동 시인 등이 삶의 현장에서 시를 건져 올리고 있다. 시대를 끝내 건너오지 못한 민중시인들은 지금 어디서 무엇을 하고 있을까. 창작활동은 하지 않더라도 아직 그 옛날 매서운 눈초리는 가지고 있을까. 아쉬운 점이 있다면 그들의 시를 보기 어려워졌다는 것이다.

80년대를 풍미했던 김남주, 조태일, 박영근 시인은 세상을 떠나고 우리 곁에 없다. 그들이 남기고 간 시를 읽어보면 그 시절이나 지금이나 그렇게 달라 보이지 않는다. 민중이라고 불리던 사람들이 지금은 서민의 옷을 입었다. 겉모습은 조금 나아졌는지 모르겠지만 속을 들여다보면 7-80년대 민중들의 삶과 지금 서민들의 삶이 다르지 않다.

그렇다면 민중시인들은 이들의 삶을 대변해야 하는데 그렇지 못하고 있다. 젊은 시인들은 민중시가 무엇인지 세상을 향한 어떤 목소리를 내야 하는지 모르고 있는 것 같다. 자신의 관념에 빠져 세상을 바라보며 알 듯 모를 듯한 시를 쓰며 살고 있다. 이 또한 시대의 한 흐름이라고 말한다면 어쩔 수 없는 일이다.

1980년대 민중시는 시대를 대표했지만 맥을 잇지 못하고 낡은 시, 쓸모없는 시라는 낙인이 찍혀 소리 소문 없이 사라졌다. 민중시선을 냈던 청사출판사는 문을 닫았다. 풀빛출판사 역시 대표적인 민중시를 출판했는데 요즘 시집을 만들고 있는지조차 알 수가 없다. 한 시대를 대변했던 민중시인들의 집이었던 출판사들이 자취를 감추자 민중시인들 역시 더 이상 설 자리가 없어졌다.

김대중 정부를 지나 노무현 정부가 끝나고 이명박 정부와 박근혜 정부가 등장하면서 민주주의의 위기와 한계에 몰리고 있는 서민들의 삶에 대해 말이 나온다. 말 그대로 민중들의 삶이 고달프고 민주주의 역시 흔들리고 있다는 뜻이다. 이런 상황을 맞이했다면 다시 민중시인들이 등장하는 것은 당연한 일이 아니겠는가.

누누이 이야기하지만 시인은 시대와 불화를 겪을 수밖에 없다. 설령 태평성대라고 해도 시인이 태평성대를 노래한다는 것 자체가 난센스이다. 지금이 태평성대라면 민중시인들의 부활을 외칠 필요가 없겠지만 그렇지 않다면 민중시인들이 다시 나와 세상 돌아가는 이야기를 적나라하게 써 내려가는 것이 시인의 자세일 것이다.

민중시의 부활을 시대적 요청이라고 말한다면 지나친 비약일까. 지난 7년의 시간을 돌아보자. 관권선거를 해도 당당한 정부가 그 첫째요, 언론이 더 이상 국민들의 눈과 귀가 되지 못하는 것이 그 둘째요; 경제민주화를 하지 않아 서민들의 삶(빈부의 격차)은 도탄에 빠져 허우적거려도 나만 잘 살면 된다는 지도자들이 득실거리는 것이 그 셋째이다.

　민중이라는 말이 구시대의 유물처럼 들린다면 이제는 서민의 이름으로 시를 쓰고 퇴보한 민주주의를 찾아 걸어가야 할 때가 아닌가.

말의 뿌리

글쓰기 수업을 하다보면 일주일에 한 번 아이들에게 숙제를 내주게 된다. 글감을 잡아 글 한 편(생활문, 독후감, 주장글 등)을 써오라고 하면 다들 힘들어 하는 얼굴을 한다. 그 마음을 모르는 것은 아니지만 글은 스스로 써보지 않으면 결코 혼자서 쓰는 능력을 키울 수가 없기에 어쩔 수 없이 내는 숙제다. 의미의 차이가 있지만 이런 숙제를 나 역시 하고 있다.

작가(시인)들이 보내준 작품집을 읽고 엽서를 보내는 일을 5년 전부터 했다. 처음 이 일을 시작할 때는 힘들게 낸 작품집을 읽고 엽서에 몇 자 적어 보내는 것이 저자들이 보낸 작품집에 대한 예의라고 생각했다. 문제는 시간이 갈수록 즐거움 보다는 숙제를 하고 있다는 생각을 지울 수가 없다는 것이다.

시작은 이랬다. 첫 시집을 내고는 안면이 있든 없든 가리지 않고 전국에 있는 문인들에게 시집을 발송했다. 한 달이 가고 두 달이 지나도 시집을 받았다고 연락이 오는 사람은 가뭄에 콩 나듯이 찾기 힘들었다. 내가 잘 알고 있는 사람들조차도 시집을 읽고 답장을 준 사람은 일부에 지나지 않았다. 내가 좋은 시를 쓰지 못해 그런 줄 알았는데 이 사람 저 사람 이야기를 들어보니 원래 문학판이 그렇다는 것이다.

시집 한 권 낸다는 것은 피를 말리는 일이다. 그런 시집을 묶기 위해 최소한 시 50편 이상이 필요하다. 시인이 많은 시간 고민하고 밤잠을 설친 걸 알고 있을 텐데 무정하게 시집을 받고 문자 한 줄 보내지 않을까 하는 야속한 생각마저 들었다. 그날 이후, 나에게 누군가 작품집을 보내오면 반드시 읽고 관제엽서에 짧은 평이나 소감을 보내야겠다는 생각을 했다.

무명이라 한 달에 수백 장의 엽서를 쓰는 일은 없지만 그래도 몇 장 정도는 보내는 즐거움이 생겼다. 처음에는 '이 분이 나에게까지 작품집을 보내주어 참 고맙구나' 하는 생각을 하며 작품집을 꼼꼼히 읽고 이런저런 생각을 엽서에 채워갔다. 한 편 한 편 작품을 읽으며 작가(시인)의 마음을 생각하고 상상하며 즐거워했다. 그렇게 엽서를 써서 보내면 다는 아니지만 몇몇 분들은 고맙게 잘 받았다며 답장이 오기도 했다. 이런 답신을 받을 때마다 나의 생각과 선택이 나쁘지 않았다며 기꺼워하곤 했다.

어찌되었든 작품집을 받으면 꼬박꼬박 읽고 한 달을 넘기지 않고 엽서를 보냈다. 작품집을 읽는 즐거움과 엽서를 쓰는 즐거움을 동시에 느끼면서 말이다. 그렇게 잘 짜인 각본처럼 해오던 일이 갑자기 숙제가 되었다. 핑계 아닌 핑계를 댄다면 엄마의 죽음으로 두 달 넘게 책을 읽을 수 없었고 그 상간에 작품집을 받고 차일피일 미루다 보니 엽서를 보내야 할 곳이 점점 늘어났다. 읽지 않는 작품집을 보면 무거운 납덩이가 가슴을 짓누르고 있는 느낌을 피할 수가 없었다.

그뿐만 아니라 작품을 보내준 작가(시인)들의 모습이 떠오를 때면 압박감이 더 심해졌다. 심지어 지금이라도 읽지도 않고 작품집 잘 받았다고 문자라도 보낼까 하는 생각도 했다. 내가 처음 가졌던 마음가짐은 어디론가 사라지고 읽지 않는 작품집에 시간이 수북이 쌓여갔다. 결국 작품집을 읽는 즐거움도 없어지고 작가(시인)가 작품집을 묶는 데 얼마나 많은 시간과 정성을 쏟았는지에 대한 동병상련의 심정도 점점 희미해졌다.

내 시집을 받고, 읽는 것은 둘째 치고 문자 한 줄 보내지 않은 분들과 내가 다를 바 없다는 것을 스스로 증명하고 있었다. 남의 작품집을 받았으면 '최소한 잘 받았다고 문자 정도는 해야 하지 않느냐, 그것도 아니면 짧은 메일 정도는 보낼 수 있는 것 아니냐'는 말은 공허한 메아리가 되고 말았다. 마음을 다잡고 엽서를 써야 하는데 자꾸 게으름이 가로막는다.

숙제하는 마음이라도 괜찮으니까 내가 했던 말은 지켜야 하지 않겠는가. 이런 생각에서 어떻게든 빠져나가고 싶은데 내가 뿌린 말의 깊이가 깊고 깊다. 이런 경우를 자업자득이라 해야 하는 걸까.

박 대통령은 주교단 목소리를 경청하라

영화 〈로메로〉는 천주교 신자가 아니어도 많은 사람들이 본 영화
이다. 남미의 엘살바도르를 배경으로 한 영화인데 독재와 맞서 싸
우다 죽은 로메로 주교의 이야기이다. 결국 독재의 총탄에 죽임을
당하는 장면으로 영화는 끝이 난다. 실화를 바탕으로 한 이 영화
의 한 장면이 아직도 머릿속에 각인되어 있다. 로메로 주교가 미
사를 드리는데 성당에 난입한 괴한들(사복을 입은 군인들)이 총을
난사해 쑥대밭을 만들고 끝내 로메로 주교를 암살한다. 로메로 주
교의 죽음을 통해 종교의 기본적인 역할은 사랑의 실천에 있다는
것을 알 수 있다.

　　사랑을 실천하면서 사는 사람들이 바로 목자들(신부님, 목사
님, 스님)이다. 이분들이 보여주는 모습을 지켜보면 정치활동과 종
교활동이 어떤 차이가 있는지 구별이 가능하다. 부정선거와 민주

주의 위기에 대해 말을 하는데 혹여 정치에 관여한다고 생각한다면 할 말이 없다. 천주교회는 크게 세 개의 단체로 구성되어 있다. 그 중 대표적인 단체가 정의평화위원회(주교회의), 정의구현사제단, 평신도회 등이다. 주교회의는 주교님들만 가입할 수 있는 단체이고 천주교회의 어른들이라고 보면 맞을 것이다. 정의구현사제단은 일반 신부님들이 자율적으로 가입을 해서 활동을 한다. 마지막으로 평신도회가 있다.

교회의 큰일을 결정하고 조정하는 단체가 주교회의이다. 주교회의 하면 생각나는 사람이 있다. 〈바보야〉라는 다큐에 나오는 김수환 추기경이다. 김수환 추기경의 선종을 지켜본 사람들은 신자든 신자가 아니든 함께 슬퍼했다. 조문 행렬의 끝이 보이지 않을 정도로 많은 사람들이 그 분의 빈소를 찾았다. 그가 목자의 길을 걸을 때 보여주었던 삶의 모습 때문이다.

최근 여러 종교단체에서 민주주의 위기에 대한 성명서를 발표하고 있다. 민주주의는 이 땅 서민들의 삶과 밀접한 관계가 있어서다. 먹고 살기 바쁜 서민들이 민주주의와 무슨 관계가 있느냐고 묻는 사람이 있다. 이런 질문을 받으면 답답해진다. 삶이 얼마나 팍팍하면 다른 생각을 전혀 하지 못하고 살까 하는 마음 때문이다.

힘 없는 서민들은 공정한 룰을 적용 받기 어렵고 힘 있는 자들에 의해 삶이 휘둘리고 만다. 내 삶도 문제지만, 우리 아이들의 삶 역시 내 발자취를 따라갈 수밖에 없다. 한 마디로 능력과 원칙보다는 줄에 의해, 힘에 의해 모든 것이 정해지는 악순환을 겪을 수밖에 없다는 뜻이다. 그게 독재에서 출발하고 있다는 것을 누구보다 잘 알고 있기에 주교님들이 걱정하는 것이다.

우리가 익히 알고 있는 선진국을 보면 법과 원칙은 기본으로 지켜지고 선거의 공정성 역시 흐트러짐 없이 진행된다. 반대로 선진국과 달리 법과 원칙은 간데없고 선거는 부정으로 얼룩지고 그런 형식적인 선거마저 치르지 않고 독재를 하는 나라들을 볼 수 있다. 그런 나라의 거의 대부분의 국민들의 삶은 피폐해진다.

천주교회의 세 단체 중에서도 주교회의가 가장 보수적인 색을 띄고 있다. 어떤 것을 획기적으로 고치자는 생각보다는 현실을 조화롭게 만들어 가자는 생각이 우위를 차지하기 때문일 것이다. 이런 주교회가 부정선거로 인해 민주주의를 걱정하고 있다면 박근혜 대통령은 결코 그냥 지나칠 일이 아니다.

서민들의 삶을 가장 가까운 곳에서 고민하고 걱정하는 분들이 목자들의 생활이고 마음이다. 민주주의가 위기에 빠지면 당연히 서민들의 삶도 나락으로 빠져들고 만다. 천주교 주교회의는 정치에 관여하는 것이 아니라 민주적인 절차로 이루어져야 할 선거가 공정을 잃고 관권선거로 전락하는 현실을 우려하는 거다. 박근혜 대통령은 주교회의 말을 반드시 새겨들어야 할 것이다.

국상이다

'사람이 곧 하늘'이라고 했던가. 이 말을 곱씹어보면 임금 위에 백성이 있다는 뜻으로 읽힌다. 절대 왕조시대에 왕이 죽으면 국상이라 했다. 내관이 왕의 죽음을 알리려 궁궐 지붕에 올라가 상복을 흔들었다. 백성들은 좋든 싫든 왕의 죽음을 듣고 스스로 상주가 되어 땅에 엎드려 곡을 했다. 국상 기간에 시장은 철시를 하고 슬픔에 동참했다.

　사람이 곧 하늘이라는 것은 작금의 시대로 말하면 주권자가 곧 권력이라는 말과 일맥상통한다. 실제로 우리 헌법에는 '대한민국의 권력은 국민에게 있고 모든 권력은 국민으로부터 나온다'고 쓰여 있다. 그렇게 생각하면 절대 왕조시대이든 선거로 지도자를 뽑는 시대이든 그 시대를 살았던 사람들이 주인임은 분명해 보인다.

　문제는 주권자가 권력자를 뽑고 나면 그 권력자가 국민을 주권자로 보지 않는 데 있다. 주권자 위에 군림할 뿐 주권자의 마음 같은 것은 안중에도 없는 것이다. 이런 권력자 밑에서 살다보면 하루하루가 고행이고 지옥일 수밖에 없다. 세월호 참사에 300여명의 목숨이 죽거나 생사불명에 처해 있다. 이 중 상당수는 미래의 주권자가 되어야 할 학생들이다. 학생들의 죽음 앞에서 정부와 국가는 무엇을 했는가 묻지 않겠다. 이미 권력자는 그런 것에 관심이 없어 보이기 때문이다.

권력자의 입장에서 주권자는 통치의 수단일 뿐, 주권을 가진 존재는 더더욱 아니라면 국민은 세금이나 내는 호구 정도밖에 안 된다. 이번 세월호 참사를 지켜본 사람들은 백 년 전 최제우 선생의 말씀을 어디에서도 찾을 수 없다고 생각하고 있다. 많은 분들이 주검으로 돌아왔는데 대통령은 세월호 참사 때문에 경제가 얼어붙고 있다는 말을 하고 있다. 이런 대통령 밑에서 백성 노릇을 한다는 것도 주권자 노릇을 한다는 것도 비루해 보인다.

세월호 참사의 원인이 100퍼센트 밝혀지지 않았지만, 지금까지 나온 정황을 종합해 보면 정부 부처의 무능, 초동 대응 실패, 재난컨트롤타워 부재 등 정부가 왜 존재해야 하는지 알 수 없는 지경이다. 하나 더 올린다면 이익을 위해 승객의 안전에는 전혀 관심조차 두지 않은 회사의 물질 만능주의였다. 안전은 뒷전으로 밀어두고 더 많은 이익을 얻기 위해 회사는 배를 증축하고, 화물을 몇 배나 더 선적하고, 이런 배를 아무 이상 없다고 허가하는 정부 기관이 공모해서 만든 참사가 세월호 침몰이다.

이런 마당에 며칠 전부터 심심치 않게 뉴스를 타고 나오는 말이 소비가 위축되고 있다는 말이다. 누구 입에서 이런 듣기 민망하고 참담한 말이 나왔을까. 정말 이런 생각을 하는 사람들이 대한민국을 이끌어간다고 생각하니 두렵기까지 하다. 정부는 더 나아가 세월호 침몰로 위축된 경제를 살리기 위해 긴급하게 자금을 조기 투입하겠다고 말한다. 세월호 참사 전에는 우리 내수 경기가 얼마나 좋았는지 알고 싶다. 내수 경기가 얼만큼 좋았는데 세월호의 침몰로 어느 정도나 급격하게 무너지고 있는지 정부는 밝혀야 할 것이다. 어떤 근거로 그런 말을 하는지 말이다.

참사가 일어난 지 한 달도 되지 않았는데 유가족들이나 실종자 가족들을 두 번 절망에 빠지게 만드는 말을 하는지, 정확한 근거를 내놓아야 한다.

설령 세월호 참사로 내수 경기가 위축이 되었다 치더라도 아직 피지도 못한 아이들을 한두 명도 아닌 몇 백 명을 수장시켜 놓고 경제가 어렵다고 말하는 정부가 과연 생각이 있는지 묻지 않을 수 없다. 돈을 더 많이 벌기 위해 불법을 일삼다 생긴 참사의 원인을 진실로 정부가 깨달았다면 내수가 얼어붙었다는 막말을 하진 못했을 것이다.

지금 대한민국은 국상기간이다. 정부가 사고 초기 대응을 잘 하지 못해 더 많은 인명을 구하지 못했으면 반성이라도 제대로 했어야 했다. 세월호 참사로 수많은 국민이 슬픔에 빠져 고통스러워 하는데 경제 타령이나 하고 있으니 참담하기 그지없다. 조선시대에는 국상 기간 동안 백성들이나 상인들은 생업도 잠시 내려놓고 슬픔을 함께 했는데 정부가 먼저 나서서 내수 경기 운운하는 대한민국은 최소한의 상가문화도 모르는 천박한 인간들만 사는 땅인가.

3부

그림일기

초등학교 6학년 졸업을 앞둔 예비 중학생들에게 졸업을 해서 가장 좋은 이유를 물으면 열에 아홉은 일기를 더 이상 쓰지 않아서 좋다고 말한다. 이제 일기를 쓰지 않아도 선생님이 검사하지 않으니까 형식적인 일기마저도 쓰지 않아도 된다는 해방감이 대답에 담겨 있다. 정작 이제부터 자신만의 일기를 쓸 수 있는 시간이 되어야 하는데 일기가 6년 동안 자신을 괴롭혔다는 인식이 자리잡고 있다. 사람이 살아가면서 자신의 생각을 상대방에게 전달하는 방법 중에 글도 중요한 역할을 하는데 글쓰기를 익히는 좋은 방법 하나를 너무 일찍 포기한다.

그림일기를 잘 활용한다면 조금 달라지지 않을까. 아직 어린 아이들에게 너무 일찍 글을 강제하다보니 많은 아이들이 '글을 쓰는 것은 나와 맞지 않는구나' 하는 생각을 하는 것 같다. 이런 아이들은 대부분 6년 내내 일기를 쓰기 싫어하고 쓰더라도 형식적인 틀에서 크게 벗어나지 못한다. 원시시대부터 인간은 자신이 보고 듣고 생각한 것을 그림으로 표현했다. 그뿐만 아니라 그림은 감정을 표현하는 데 중요한 수단이 되기도 한다. 정신과 치료에도 그림이 등장시켜 환자의 심리상태를 진단하기도 한다. 이런 좋은 재료가 초등학교에서 잘 활용되지 못하는 것 같아 안타깝다.

아이들 중 대부분은 글을 읽고 쓸 수 있는 능력을 유치원에서 배우고 간다. 초등학교에 입학하면 아이들이 가장 먼저 부딪히는 것이 일기다. 일기라는 좋은 글쓰기 프로그램이 가장 스트레스를 받는 숙제로 6년 동안 아이들을 괴롭힌다.

아이들이 입학하면 첫 과제물이 그림일기다. 하루 있었던 일을 글로 표현하는 것이 아니라 그림을 그려 자신의 생각과 함께 표현한다. 고사리 같은 손으로 자신의 생각을 그림으로 그리는 모습을 보고 있으면 행복하다. 문제는 이런 행복이 그림일기를 더 이상 쓰지 않고 글로만 쓰는 일기로 넘어갈 때 사라진다는 것이다. 아이는 아이대로 학부모들은 학부모대로 힘들어한다. 빠른 경우 1학년 2학기가 시작되면 그림일기가 사라지고 글 일기로 바뀌게 된다. 2학년이 되면 그림일기를 쓰는 아이들을 찾아보기가 힘들 정도이다.

아직 글을 구체적으로 쓸 수도 없고 글감에 대한 고민도 할 수 없는 아이들에게서 그림일기를 빼앗고 글 일기로 옮겨놓다 보니 아이들은 일기에 대해 항상 부담을 느끼고 끝내 글쓰기에서 멀어진다.

사회에 나가면 상대방과 소통하기 위해 글을 써야 하는 일이 많은데 초등학교 시절부터 일기에 질려 글을 쓰려면 공포마저 생긴다고 말하는 어른들이 많다. 너무 급하게 글 일기를 써야 했기 때문일 것이다. 어린 나이에 아이들을 글 일기로 몰아넣지 말자. 초등학교 4학년 때까지 자유롭게 자신의 일상을 그림으로 그리게 하면 어떨까. 5학년 쯤 되었을 때부터 글 일기를 쓰게 해도 전혀 늦지 않다고 생각한다. 글쓰기만은 4학년까지를 저학년으로 보고 5학년부터 고학년으로 생각하는 여유를 가져보자.

선행학습이 아이들에게 별 도움이 되지 않는다고 다들 알고 있듯이 글쓰기도 너무 빨리 시작하면 선행학습보다 훨씬 나쁜 영향을 미칠 수 있다. 일기는 글쓰기를 배우는 데 참 좋은 프로그램이다. 이런 프로그램이 아이들을 옭아매는 올가미가 되고 있다. 우리 아이들에게 글에 대한 스트레스를 최소한으로 줄여주면서 일기를 자연스럽게 쓸 수 있는 그림일기 활용 방안을 교육부가 지금이라도 고민했으면 좋겠다.

방목과 방치 그리고 관리

초원에서 양들이 한가롭게 풀을 뜯는 모습을 보면 평온해 보인다. 그 평온함을 만드는 것은 다름 아닌 목동과 개다. 목동 혼자서 넓은 목장을 관리할 수는 없다. 개를 빼놓고 양들의 안전을 담보할 수 없기 때문이다. 목동의 눈이 가지 않는 곳이나 목동의 몸이 쫓아가지 못하는 곳에 항상 개가 있다. 멀리서 보면 개와 양들의 차이를 구별할 수 없다. 둘 다 시간을 즐기는 것 같다.

그런데 자세히 보면 개와 양의 차이가 분명하게 보인다. 늑대의 침범을 막기 위해 개는 조용히 양들을 지켜보고 있다. 아이들 눈을 보면 슬프다. 나는 수업시간에 그 눈을 의식적으로 피해 왔다. 맑고 깊은 눈을 가진 아이들이 어쩌다 이렇게 되었을까. 아름다운 풍경만 담아도 부족할 시간에 감당하기 어려운 학습량에 빠져 허우적거린다. 청명한 가을하늘이 되어야 할 눈에 먹구름이 끼고 심지어는 독기까지 품는다. 모두가 어른들 책임이다. 나 역시 공범이라는 죄책감에서 벗어날 수가 없다.

어른들이 양을 지키는 개처럼 아이들을 지켜보면 좋을 텐데 그것은 말처럼 쉽지가 않다. 일단 사랑하는 내 아이가 어떤 위험에 빠질지 모른다는 조바심 때문에 관리를 해야 한다고 생각한다. 마치 목동처럼 말이다. 목동은 양들이 늑대에게 잡아먹힐까봐 이곳저곳을 돌아다니며 울타리에 문제가 있지 않은지 혹여 울타리 주변에 구멍이 뚫려있지는 않은지 매일 확인하고 또 확인한다. 양들은 목동이 자꾸 자신들 주변을 돌아다니면 불안해한다. 한가롭게 풀을 뜯고 싶은데 방해꾼이 나타나 자신들을 방해하는 것 같다. 아이들도 양들과 마찬가지다.

그냥 자신이 하고 싶은 일을 할 수 있도록 내버려 두면 좋을 텐데 그것을 어른들은 방치라고 생각한다. 자식을 사랑하는 부모 입장에서 방치는 있을 수 없는 일이다. 방치와 관리, 어떤 것이 더 힘들까. 심리적 입장에서 보면 방치가 관리보다 더 힘들 것이다. 방치하면 아이들이 망가져 사람 구실을 못할 것 같은 두려움 때문이다. 아이들도 어른들이 자신들을 방치하길 바라지 않는다. 방치가 무엇인지 잘 알고 있기 때문이다.

아이들은 목장을 지키는 개처럼 있는 듯 없는 듯 어른들이 자신들을 지켜보면 좋겠다는 생각을 한다. 어른들과 아이들의 생각의 차이 때문에 아이들에겐 어른들의 이야기가 잔소리처럼 들리고 어른들 말을 들으려고 하지 않는다. 이 차이를 극복해야 하는데 우리나라 교육 현실 앞에서 만만치 않다. 내 아이를 방치한다는 것은 있을 수 없는 일이고 방목하자니 너무나 힘이 들고 그래서 차선으로 어른들은 관리를 선택한다.

방목이 어렵지만 아이들을 위해 시작해야 한다. 관리되는 아이들이 지금 어떤 모습을 하고 있는지 내 아이를 보면 알 수 있다. 우리 아이가 관리에서 벗어나 청년이 되면 스스로 선택을 해야 할 일들이 수없이 기다리고 있다. 관리를 받은 아이들은 그 선택의 순간순간마다 버거울 수밖에 없다. 자신들이 선택한 것에 대해 즐겁고 행복하게 살아갈 수 있도록 지켜봐 주어야 할 때다. 조금만 생각해 보면 안다. 관리가 차선이 될 수 없다는 것을.내 아이의 눈을 본 적 있는가.

내 아이와 눈을 맞추며 이야기 한 적이 언제인가. 아이가 태어나고 돌을 지나 걸음마를 배울 때까지 매일매일 아이와 눈을 마주치며 마음으로 얼마나 많은 대화를 나누었는가. 그 아름다운 눈을 보면서 말이다. 그런데 그 아이의 눈은 지금 어디에 있는가. 요즘 아이들 눈을 보면 이미 아이의 눈이 아니다. 너무나 일찍 어른들 눈으로 변한 아이들의 눈을 보고 있으면 서글프고 무섭다.

우리가 아이들의 눈을 그렇게 만들었다.

온기

미수米壽를 앞둔 엄마가 있어 지금까지 보지 못한 것, 느끼지 못한 것을 배운다. 엄마의 몸에서 온기가 서서히 빠져나갈 때 고아가 되는 것은 아닌가 하는 생각이 들었다. 몸이 식어간다는 것은 죽어간다는 것과 다름이 아님을 알기에 아플 수밖에 없다. 며칠째 생사와 싸우고 있는 엄마를 보며 생에 대한 애틋함이 새삼스럽게 다가온다.

엄마가 생사를 넘나들다 깨어나 눈이 먹고 싶다고 말을 했다. 아닌 밤중에 홍두깨도 아니고 죽음의 문턱에서 돌아오신 분이 눈[雪]이 먹고 싶다니 이해가 되지 않았다. 겨울이라 눈을 찾는 것은 어려운 일이 아니지만, 아이스크림도 있고 얼음도 있는데 하필 눈을 먹고 싶다는 말에 의아해 했다.

엄마가 정신을 차리고 나서 그 의문이 풀렸다. 가난과 동거하던 시절, 이른 봄날 엄마는 재를 두세 개를 넘어 아직 떠나지 않은 추위를 밀어내기 위해 땔감을 하러갔다. 땔감을 열심히 모으다 보면 목이 말라 먹었던 것이 잔설이라고 했다. 겨울과 함께 떠나지 못한 눈이 그늘 한 구석에 남아 있었다. 그 잔설이 갈증을 풀어주었다고 한다. 그 시절에 비해 달고 맛있는 음료가 얼마나 많은가. 끝내 그런 것을 먹지 않고 눈이 먹고 싶다고 하는 엄마 앞에 눈을 갖다 주었다.

자주 산을 오르다 보니 며칠 전에 내린 눈을 담아오는 데 문제는 없었다. 어느 효자마냥 병든 엄마가 겨울에 딸기가 먹고 싶다고 해서 겨울 산을 헤매는 일도 아니고 요 며칠 눈도 내려 엄마의 마음을 들어주는 것이 어려운 일이 아니었다.

집에서 위생팩을 들고 신선한 눈을 찾아 산을 향했다. 산에는 아직 눈이 녹지 않고 자리를 지키고 있었다. 고도가 높으면 높을수록 눈은 그 형체를 그대로 유지하고 있었다. 나는 먼지가 묻지 않고 길에서 떨어진 눈을 찾기 위해 골짜기로 내려갔다. 하얀 속살이 그대로 들어난 눈을 보며 주먹만 한 크기로 몇 개 뭉쳐 담았다. 눈이 녹을까봐 서둘러 산을 내려왔다. 약 두 시간 정도 걸려 집으로 돌아오는 길 내내 조급함이 앞서갔다. 집에 와서 보니 눈은 내 생각과 달리 그 모습을 그대로 유지하고 있었다.

산에서 눈을 뭉칠 때 금방 녹으면 안 되는데 하는 생각은 기우에 불과했다. 뭉쳐진 눈덩이와 다른 눈덩이가 어우러져 모습을 그대로 유지하고 있었다. 차가운 것은 차가운 것끼리 몸을 비비며 자신의 체온을 나누며 그 시간을 견디고 있다는 것을 알았다. 온기라는 것이 따듯함에서만 오는 것이 아니라는 생각을 눈덩이가 깨우쳐 주었다. 그 덕분에 엄마는 눈덩이를 최근의 그 어떤 음식보다 맛있게 드셨다. 온기를 나눈다는 것은 나도 지키고 상대방도 지킨다는 것을 우리는 배워서 알고 있지만 생활에서는 더디기만 하다.

지금 철도민영화 반대를 위해 철도노조가 몸살을 앓고 있다. 이 엄동설한에 말이다. 국민들도 철도민영화에 반대를 더 많이 하고 있는데 정부만 강경 일변도로 나가고 있는 것은 아닌지 따져보아야 한다. 거리에서 온기를 빼앗기며 민영화 반대투쟁을 하고 있는 그들에게 온기를 나누어 줄 때 그들도 추위를 덜 느낄 것이다. 엄동설한에 차가운 몸으로 철도노조는 서로 의지하며 온기를 나누고 있다.

사람은 차가운 기운만으로 세상을 살 수 없다. 그렇다고 뜨거운 기운만으로도 세상을 살기에도 답답하다. 차가운 곳에는 따듯한 기운이 필요하고 따듯한 기운이 있는 곳은 차가운 기운이 있어야 한다. 아직도 우리 사회 일부에서는 되지도 않는 논리로 노조활동을 놓고 종북이니 빨갱이니 하는 말로 세상을 혼탁하게 만들고 있다. 철도노조의 파업을 온기를 가지고 있는 사람의 모습으로 바라보자. 그들은 지금 겨울 한복판에 서 있다. 그런 점에서 볼 때 겨울은 누구에게나 온기가 필요한 계절이다.

시온학교 생생 시낭송 축제

시를 쓸 때마다 기쁘고 행복했으면 좋겠는데 그것은 욕심이다. 시 쓰는 일이 때로는 고역이고 가끔 자괴감을 심어줄 때도 있기 때문이다. 그런데도 왜 시를 쓰냐고 누군가 묻는다면 이런 행복도 있다고 말하고 싶다. 시를 쓰면서 뿌듯한 마음이 없었던 것은 아니었다. 첫 시집 출간기념회 날 엄마를 단상에 모셔놓고 오신 분들에게 소개시켜드렸다. 흐뭇해하는 엄마 모습에서 시를 쓰며 아팠던 기억들은 어디론가 사라졌다.

시온학교(동구 중동 47-18)에 초대받아 강연 아닌 강연을 했다. 정확하게 말하면 아이들과 함께 시가 어떻게 태어나는지, 어떻게 낭송을 해야 하는지에 대해 이야기를 나누었다. 시온학교는 중·고교 통합 도시형 대안학교이다. 일반 학교에서 적응하지 못한 친구들이 모여 심리치료도 받고 교과과정도 배운다. 중학교 1학년부터 고등학교 3학년 아이들이 옹기종기 모여 자신들의 공간을 만들어가고 있었다. 정원이 20명밖에 되지 않지만, 교장선생님을 포함하여 선생님들의 열정은 뜨거움 그 자체였다. 학교라는 분위기보다는 가정에서 이루어지는 교육이라는 생각이 들었다.

기존의 교육과정에서는 할 수 없는 프로그램을 만들어 아이들이 학교에 적응할 수 있도록 돕는 일을 한다고 보면 될 것 같다. 1년에 한 번 아이들은 직접 주인공이 되어 무대도 만들고 프로그램도 만들어 부모님을 초대해 시낭송도 하고 과외 활동을 영상으로 제작해 함께 보며 추억을 되새김질했다. 한 시간이 채 안 된 축제였지만, 수십 배 긴 시간과 정성을 쏟아 준비했으리라는 것을 축제를 본 사람들이라면 금방 알았을 것이다.

하교할 시간에도 집으로 돌아가지 않고 자신들의 축제를 준비했다. 누가 말하지 않아도 다음날 아침 일찍 등교해서 리허설까지 하는 모습은 보기에 참 좋았다. 한 명 한 명이 자신의 역할을 해내며 잘 되지 않는 것은 서로 도와주고 격려해주는 경험을 축제를 준비하는 동안 충분히 나누었으리라 짐작했다.

행사가 시작되고 초대 시인이 시 낭송을 하고 아이들의 자작시 낭송도 하고 집단으로 시를 써서 낭송도 했다. 한 시간 동안 시가 어떻게 태어나고 어떻게 써지는지에 대해 이야기했을 뿐인데 강의가 끝나고 시를 써보고 싶은 사람이 있냐고 물으니까 두 명이나 손을 들었다. 시 낭송 역시 짧게 설명을 했을 뿐인데 곧잘 해냈다.

일반 학교에 다니는 친구들에 비해 조금은 느리고 어눌하지만 기다려주면 이 아이들도 자신의 몫을 충분히 해낼 수 있을 텐데 무엇이 그리 급해 우리 교육은 조금 더딘 아이들을 기다려주지 않는지 모르겠다. 시낭송을 들으며 아이들의 얼굴을 보았는데 청명한 가을하늘이었다. 자신이 주인공이 되어 이런 행사를 3년째 이어온 것도 멋있지만, 실수를 해도 격려해주며 함께 하고 있다는 믿음이 서로에게 울타리처럼 엮고 있어 더 아름다웠다.

아이들이 행사의 시작과 끝을 진행하는 열쇠는 기다림의 미학이라고 말하고 싶다. 시가 써지지 않을 때 나 역시 조급함이 없었던 것 아니지만 그 조급함을 견디노라면 시는 나를 버리지 않고 찾아왔다. 발걸음을 옮기는 것이 일반 학교에 다니는 친구들에 비해 늦지만 우리가 관심을 갖고 기다려 준다면 더딜 수는 있어도 끝까지 완주할 수 있을 거라는 믿음을, 시온학교 아이들은 생생 시낭송 축제에서 보여주었다. 늦가을 아이들의 모습은 나에게 기쁨의 한 자락이 되었다. 시를 쓰면서 과연 얼마 만에 맛본 행복인가.

한국작가회의 40년

올해 한국작가회의가 40주년을 맞이한다. 사람의 나이로 본다면 불혹이라고 말할 수 있을 거다. 40년 세월동안 작가회의가 걸어온 길을 돌이켜 볼 때 회원으로서 자부심을 느낄 때가 많았다. 선배들이 왜 자유실천문인협의회를 만들었고 그 취지가 무엇이었는지 익히 알고 있기 때문이다. 이런 정신과 소통이 살아있을 때 글은 당당하게 세상을 향해 신념의 목소리를 높였었다. 지금도 이런 생각에는 변함이 없다. 어떤 자리에서도 한국작가회의 소속이라는 말이 부끄럽지 않았고 부끄럽지 않으려 노력했다.

이런 생각에 빠져 지내다가 나 자신도 모르는 사이 타성에 젖었는지, 아니면 이 정도면 되었다고 생각하는 회원들이 늘어나 그런지 모르겠지만 한국작가회의의 가치관과 정체성이 자꾸 흔들리고 있다는 생각을 지울 수가 없다. 작가회의가 지향하는 바는 가난과 소외된 자를 위한 문학, 민주주의를 위한 문학, 평화와 통일을 위한 문학이다. 이러한 정신이 어느 순간 무너져 내리더니 추스를 수 없을 정도의 지경에 빠졌다.

작금의 한국작가회의를 두고 잘 나가고 있다고 생각하는 회원이 있다면 한국작가회의의 정신이 무엇인지 모르는 분들일 거다.

예를 하나 들어본다. K시인의 막말 파문으로 작가회의는 웃음거리가 되었다. 한 단체가 이렇게 웃음거리로 전락하는 모습을 보며 마음이 아팠다. 이 일을 수습하고 재발방지를 하지 못하는 집행부를 보며 회원으로서 자괴감에 빠져야 했다. 분명 2013년 총회 때 4월 이사회에서 어떤 결정을 내려 알리겠다는 말을 해놓고 구렁이 담 넘어가듯 하는 모습은 회원들을 우롱하는 짓이라고 생각했다.

그뿐만이 아니다. J회원의 글(2011년 4월 6일 C일보 칼럼)을 보며 이런 분이 작가회의 회원이구나 하는 생각에 몹시 마음이 상했다. 작가회의가 어쩌다 이 지경까지 왔는지 돌아보아야 한다는 생각이 들었다. 이런 생각을 비웃기라도 하듯 작가회의 회보(2013년 85호)에는 J회원의 맨발인터뷰 기사가 게재되었다. 이런 분을 인터뷰한 의도가 대체 무엇인가 하는 의구심이 들 정도였다.

회보에 대한 생각을 한국작가회의 홈페이지 자유게시판에 올렸지만 회보 편집진들에게 어떤 말도 들을 수 없었고 회보에 어떤 이야기도 나오지 않은 채 그냥 술에 물 탄 듯 넘어갔다. 말한 김에 하나 더 이야기해야겠다. 전국작가대회 때 반주자를 불러 노래 부르고 춤을 추는 모습, 한심하다 못해 추하다는 생각이 들었다. 작가들이 볼 때 지금이 태평성대인가. 어느 대학생은 '안녕하십니까'라는 대자보를 붙이는 상황 속에서 한국작가회의는 대체 어디서 무엇을 하고 있는가. 혹여 한 달에 한 번 성명서를 꾸준히 내고 있다는 말을 하고 싶다면 부끄러워해야 한다.

메아리 없는 성명서를 볼 때마다 자괴감 그 이상을 느끼고 있다. 어느 대학생의 대자보보다 진정성이 떨어지는 성명서가 작금의 한국작가회의의 위상이다. 한국작가회의는 지금 가치관과 정체성의 문제뿐만 아니라 소통의 문제도 심각하게 돌아보아야 한다. 소통의 공간으로 홈페이지, 회보, 『내일을 여는 작가』 발간, 전국작가대회, 총회 등이 있다. 이런 소통의 도구 중 무엇 하나 제대로 돌아가는 것이 없다.

홈페이지는 이미 죽은 지 오래되었다. 2000명이 넘는 회원들이 이렇게 홈페이지를 외면하는 이유가 무엇인지 집행부는 고민하고 있는가. 회보와 내일을 여는 작가는 더 말해서 무엇 하겠는가. 소통의 문제를 푸는 핵심은 집행부라 생각한다. 이사장 이하 사무총장 등이 회원들과의 소통을 위해 대체 지난 몇 년간 무엇을 했는지 묻지 않을 수 없다. 지회에서 활동하는 회원들이 절반은 될 것이라 생각이 드는데 집행부는 지회 총회나 행사 때 몇 번이나 얼굴을 내밀었는가. 사무총장이 대체 무엇을 하는 자리인가. 활동비를 예전처럼 받지 않아서 그러는 것인지 아니면 억지 춘향이 식으로 일을 떠맡아서 그런 것인지 모르겠지만 22개 지회 지부를 찾아 소통하려고 노력한 흔적은 그 어디에서도 찾을 수 없었다.

지난 토요일(2014년 2월 22일) 한국작가회의 총회가 있었다. 새로운 집행부가 구성이 되었다. 불혹이라는 나이에 걸맞게 나이 값을 했으면 좋겠다. 그 나이 값은 그 무엇도 아닌 한국작가회의 정신(자유실천문인협의회, 민족문학작가회의 계승)이 무엇인지 본회와 지회 지부와의 소통이 무엇인지 깨닫는 일이다. 새로운 집행부에 다시 희망을 걸어본다.

미쳤다

봄이 올해처럼 길게 느껴진 적이 없다. 지루하리만큼 봄이 계속되고 있다. 어쩌면 봄이 가지 않을 것 같다는 착각에 빠져든다. 개나리도, 진달래도, 목련도 지고 말았는데 봄은 끈질기게 여름의 문을 열지 않는다. 화봉산의 봄길을 나는 매일 걸었다. 늘 하던 대로 누군가를 만나면 "안녕하세요"라고 인사를 했다. 뒤늦게 핀 꽃들을 보면서도 감흥이 나지 않았다. 인사를 하면서도 마음에 담긴 따뜻함을 담지 못했다. 산을 처음 오르면서 누구를 만나든 먼저 인사를 했다. 받는 사람도 있었지만 받지 않는 사람도 절반이 넘었다. 어떤 분들은 나를 아는 사람인가 하며 생뚱맞게 바라보기도 했다.

하루 이틀 사흘 한 달 두 달이 지나면서 인사를 하면 인사를 받는 사람들이 늘어났다. 매일 만나는 사람은 내가 인사를 하면 웃음도 보여주었다. 1년 8개월 인사를 그렇게 하다 보니 먼저 인사하는 사람도 있고 전날 과음을 하고 조금 늦게 산에 오르면, 마주 내려오면서 오늘은 늦었냐며 먼저 안부를 묻는 사람도 생겼다. 어느 할머니는 칡을 캤다고 몇 토막 나누어 준다. 계절을 읽지 못하다 보니 어린 시절의 칡에 대한 추억도 오래 머물지 않았다.

이런 분들에게 마음을 다해 인사를 하지 못한 이유는 다들 알고 있을 거라 생각이 든다. 아름다워야 할 봄날, 300명이 넘는 사람들이 죽거나 실종 상태다. 유가족이나 실종자 가족들이 아니더라도 텔레비전을 보며 눈물을 흘렸거나 가슴 한쪽이 무너지는 아픔을 겪었을 것이다. 어른들은 다들 죄인이라고 말한다.

이 시대를 아니, 이 봄을 살아내고 있는 어른들은 올봄, 명치 끝에 무언가 꽉 막힌 고통을 느끼고 있다. 생떼 같은 새끼들과 가정을 지키는 아버지 엄마를 어처구니없는 사고로 잃었다면 어떤 말로 그 아픔을 표현할 수 있을까.

전국에 만들어진 분향소를 향해 사람들의 발걸음이 끊이지 않는다는 뉴스가 전해지고 있다. 뉴스 화면을 보며 죽은 분들을 위로하기 위함이라보다는 나에게 찾아온 그 아픔과 고통을 조금이나마 치유하고 싶어서, 미안한 마음을 조금이라도 줄여보고 싶어서 조문 행렬이 이어지고 있는 것이 아닌가 하는 생각을 한다.

'지금 나는 안녕하지 못하고 있다. 안녕하지 못한 봄날 조문객이 되고 말았다.' 왜 나는 조문객의 뒷모습을 보며 그런 생각이 들었을까.

이런 생각 때문인지 산에서 만난 사람들에게 인사를 하면서 얼굴을 제대로 쳐다보지 못하고 있다. 연두색에서 녹색으로 짙어가는 잎들을 보고도 계절의 시간이 느껴지지 않는다. 그냥 오늘도 산에 다녀왔다. 인사를 받는 사람들도 나의 인사에 진심이 담겨있지 않다는 것을 알고 있을 것이다.

봄꽃을 보며 봄이 미쳤다고 말하고 싶었다. 그러나 그럴 수 없었다. 봄이 미친 것이 아니라 사람이 미쳤다는 것을 알고 있기 때문이다. 사람들이 미쳐 아직 피지도 못한 봄꽃들을 4월 바다에 수장시켰다. 미치지 않고 이런 일을 할 수 없는 일이다. 미쳐서 이런 일이 일어났다고 생각하니 나도, 내 주변사람들도 미쳐 보인다. 미친 사람들끼리 안부를 묻고 인사를 하고 밥을 먹고 잠을 자는 세상 같다.

5월인데 이 땅은 4월의 봄에서 움직이지 않고 있다. 이대로 5월을 맞는다는 것이 두렵고 무섭다. 누군가에게 화라도 버럭 내고 싶은데 다들 미쳤다는 생각을 하니 그럴 수도 없다. 정신과 의원을

운영하는 아는 형의 병원이라도 가 봐야 할 것 같다. 봄은 그대로
인데 사람들이 미쳐 보인다. 반성은 하지 못한 채 봄 탓이라도 해
야 살겠다는 생각을 했으니 내가 미친 것이 분명하다.

밥줄

이런저런 논란 끝에 역사과목이 수능 필수과목으로 지정되었다. 초등학교 5학년 딸아이가 사회시간에 배운 역사를 보며 이것은 아니라는 생각이 들었다. 고작 두 학기에 거쳐 고대사에서 현대사까지를 배운다는 것이 가능한 일인가. 아이는 역사에 대해 너무나 어려워했고 흥미도 잃어갔다. "역사 싫어"를 매일 연발했다. 나는 그 소리를 듣다못해 5박6일 제주도 역사기행을 계획했다. 매번 관광지만 둘러보다가 드러나지 않은 제주의 모습을 보여주자는 생각이었다.

천혜의 섬 제주는 겉모습과 달리 아직도 상처가 아물지 않고 있다. 제주 4·3항쟁의 상처도 60년이 지났는데 피해자의 아픔은 여전히 제자리를 맴돌고 있고 제주 해군기지 건설에 대한 갈등 역시 6년 넘게 강정마을 주민들을 괴롭히고 있다. 중2 조카와 초등학교 6학년인 딸을 데리고 제주에 도착해서 먼저 4·3공원을 찾았다. 아이들과 전시관과 조형물을 함께 보며 제주에서 왜 이런 일이 일어났고 많은 사람들이 죽어야 했는지를 설명했다. 잘 이해하지 못하는 부분도 있었지만, 아이들은 억울하게 죽은 사람들이 쓰다 남긴 물건을 보며 이런 저런 질문들을 했다.

60년 전 제주 사람들은 아무것도 모른 채 죽어야 했다. 유족들은 아버지가, 엄마가, 삼촌이, 형이, 동생이 억울한 죽임을 당했는데 아프다는 말 한 마디 못하고 긴 세월을 견디었다. 이런 사실은 모른 척, 추모공원을 조성했다고 해서 상처가 치유되지는 않을 것이다. 다시 이런 역사가 반복되지 않도록 가해자인 정부의 진정한 반성과 다음 세대 우리 아이들에게 올바른 역사관을 심어줄 교육이 전제되지 않는 이상 4·3항쟁의 아픔은 진행형일 수밖에 없다.

밤에는 4·3공원에서 전국 마당극이 열려 함께 관람하기로 했다. 마당극 하나하나가 상처받은 사람들의 이야기였다. 그 상처를 알리고 서로 공감하고 그 공감을 바탕으로 치유할 수 있다는 것을 배울 수 있는 시간이었다. 아이들은 마당극에 집중했다. 나는 이 아이들이 마당극을 통해 힘없고 소외된 사람들과 더불어 살아야 한다는 것을 진심으로 알고 느끼길 바랐다.

강정마을도 방문했다. 둘로 갈라진 마을을 아이들과 함께 돌며 제주 해군기지에 대한 설명을 해 주었다. 태극기가 걸려 있는 집과 노란 깃발이 걸려 있는 풍경에 대해 이야기하면서 마음이 몹시 아팠다. '수백 년 함께 살아온 마을을 누가 이렇게 둘로 갈라놓았을까.' 평화의 섬 제주에 해군기지 건설이 타당한지에 대한 설명을 하면서 아이들에게 이런저런 질문도 건네 볼 수 있었다.

강정마을에 해군기지를 지어야 대한민국 평화가 지켜질 수 있을까. 이런 주제를 가지고 지금이라도 주민들과 정부가 열린 마음의 공청회를 만들었으면 한다.

나의 기대와는 반대로 주민들의 의견은 무시된 채 일방적으로 공사가 진행되고 있는 현실이 답답할 뿐이었다. 누구 욕심 때문에 제주도가 상처를 받고 있을까. 미국의 욕심 때문일까? 아니면 몇몇 위정자들의 개인적인 욕심일까? 애국심을, 안보를 가장한 사리사욕으로 인해 제주도에 더 이상 상처를 주지 않았으면 한다. 집으로 돌아오기 전날 며칠 힘든 일정(한라산 등반, 올레길 걷기, 마당극 보기, 강정마을 걷기)을 소화한 아이들은 야영지에 두고 나만 2013 강정평화대행진에 참가했다.

오전에 정해진 길을 걸으며 구호도 외치고 때로는 노래도 부르며 더위를 이겨냈다. 전국 각지에서 온 사람들이 아스팔트의 열기를 온몸으로 느끼며 걷고 또 걸었다. 어린 아이들이 부모님 손을 잡고 묵묵히 걷는 모습을 보며 야영지에 있는 아이들을 데리고 올 걸 하는 후회도 잠시 스쳐갔다. 점심을 먹기 위해 잠시 행진을 멈추었는데 그곳에서 본 광경을 시로 써 보았다. 제목은 '밥줄'이다.

2013 강정평화대행진

오전에 걷고

점심 먹기 위해 길게 줄을 선다

늦게 도착한 사람들

무슨 줄이냐고 묻는다

아이가 "밥줄"이라 외친다

살면서 잡아야 할 줄이 있고

잡지 말아야 할 줄이 있다고 한다

어떤 줄이 동아줄이고 썩은 줄인지

잡고 나서야 안다

줄을 잘 서야 출세한다는 말이

인구에 회자된 지 오래다

따지고 보면 모두 밥줄이다

밥줄을 끊어놓겠다 하면 벌벌 떤다

내 앞에 있는 사람들은

어떤 줄을 선 걸까

이런 생각도 잠시

뱃속에서 꼬르륵꼬르륵 요동친다

—「밥줄」전문

제주에서 일어난 사건이 모두가 밥줄 때문에 생긴 것이라 치부하기에는 그 상처가 깊고 비인간적이다. 하루 세끼 밥을 먹기 위해 아니 더 많은 밥을 차지하기 위해 이런 일을 저지른 사람들을 우리는 잊어서는 안 되겠다. 필부들은 밥 한 끼 먹기 위해 이런 일을 벌이지는 않는다.

밥줄은 누구에게나 중요하지만 누군가를 죽이고 빼앗는 밥은 몸에서 좋은 피가 되지 못한다. 이번 제주 역사기행으로 내 아이들이 밥의 중요성 못지않게 밥을 구하는 방법도 중요하다는 것을 지난 역사를 통해 알았으면 한다.

문화가 사람을 만든다

하루 종일 일을 해도 먹는 것조차 제대로 구하기 힘이 들었던 시대에 살았던 우리 부모님들에게 문화라는 말은 텔레비전 뉴스에나 나오는 것이었다. 그 분들에게는 좋은 것을 먹고, 좋은 곳에서 자는 것, 그 이상이 없었다. 그런 부모님들 덕분에 우리 세대는 먹는 것 자는 것 걱정 없이 음악도 듣고 영화도 보며, 할리우드 영화니, 예술 영화니 하는 것들을 이야기했다. 누가 가르쳐 주는 것 없이 말하자면 모래 바닥에 화초를 심듯 문화생활이 시작된 것이다.

그런 자신의 빈약한 경험 탓일까. 요즘 부모들은 어린 시절부터 아이들에게 다양한 문화를 접하게 하기 위해 온갖 노력을 경주한다. 일에 치여 힘이 들어도 토요일, 일요일이면 무거운 몸을 일으켜 미술관으로, 공연장으로, 체험학습장으로 가 아이들과 시간을 보낸다. 초등학생 아이들이 교과서에서 배운 것들을 직접 보고 들고 체험하도록 하는 일은 이제 낯선 일이 아니다. 부모들은 아이들과 함께 연극도 보고, 영화도 보고, 여유가 있는 집은 뮤지컬도 본다. 그러다 보면 어느 외국 영화에서 본 것처럼 여러 가지 문화를 체험하고 부모와 식사시간에 그런 대화를 나누는 꿈이 이제는 우리에게도 현실이 될 것만 같다.

그런데 정작 현실은 어떤가. 체험학습이라면 신이 나서 쫓아다녔던 초등학교 저학년 시절이 지난 고학년 아이들은 연극공연이 끝나고 집으로 돌아오는 차 안에서도 스마트폰을 만지작거린다. 재미있었냐고 엄마 아빠가 물어도 어떤 것을 느꼈냐고 해도 시큰둥하다. 오늘 피곤한데 학원 숙제 안 하면 안 되냐고 해 부모의 부아를 돋운다. 그러다 아이들이 중·고등학교를 가면 평일에는 학원을 가느라, 주말에는 밀린 학원 숙제를 하고 제 친구들이랑 번화가를 쏘다니느라 바쁘다. 그 순간부터 아이들의 문화생활은 게임과 스마트폰이 전부가 된다.

이제껏 해온 모든 문화체험이 만사 헛것인 것처럼 느껴져 부모는 실망스럽다. 왜 이런 일이 벌어졌을까. 어린 시절부터 문화를 접하면 저절로 다양한 취미를 가진 문화인이 된다고 배웠는데, 우리 아이들의 문화생활이란 스마트폰뿐이다. 붕어빵 틀에서 찍혀 나온 붕어빵 같다. 학부모들의 스마트폰에 대한 원성이 하늘을 찌른다. 하지만 정말 스마트폰 때문일까. 계획대로 되지 않는 원인을 찾고 싶다면 한번쯤 우리는 뒤돌아보아야 한다. 혹시 우리가 문화라는 것을 오해하고 있었던 것은 아닌지. 수학이나 영어처럼 가르치면 되는 것이라고 생각하고 있었던 것은 아닌지 말이다.

우리가 아이들과 해왔던 일들이 문화생활이 아니라 문화교육은 아니었던 것인지 곰곰이 생각해 보자.

문화 교육을 받는 일이 아니라 문화를 즐기는 일은 스스로에게 마음의 여유가 있을 때 가능한 일이다. 그런데 우리는 우리 아이들에게 그런 여유를 주었을까. 문화체험을 하고 그것에 대해 생각할 시간을 주었을까. 그저 연극 한 편을 공부하고 그것에 대해 시험을 보듯 느낀 점을 물어본 것은 아니었을까, 그래서 아이들이 점점 문화체험을 하고도 그 활동에 소외되었던 것은 아니었을까, 자신의 체험이 아니라 단지 부모가 시켜서 하는 일이 되어버린 것은 아니었을까, 스스로 물어보아야 한다.

어린 아이의 손을 잡고 고궁을 걸으며 이런 아이가 되었으면 좋겠다 생각했던 일들, 다양한 문화생활을 통해 창의적이고, 적당히 유머러스하고, 리더십도 있었으면 했던 바람이었을 것이다. 그런데 이러다 우리 아이만 뒤처지는 것은 아닐까 하는 불안에 떠밀려 연극을 보고도 그것을 되새길 여유 한 자락 주지 않았던 것은 아닌지, 학원을 돌리다 오늘은 이런 음악공연을 가고 싶다 하는 아이에게 틈 하나 주지 않은 것은 아닌지, 되돌아보아야 한다.

중학교 교문 앞에 앉아 하교하는 아이들을 한번 바라보자. 어디서 배웠는지 알 수 없는 욕설을 감탄사처럼 뱉고 서로 짜증을 내고 부모와 선생님 욕을 하고 먹다 남은 캔을 길거리에 던져버리고 스마트폰을 게임을 시작한다. 우리가 상상했던 아이들은 어디로 갔을까. 우리 아이들은 어떤 문화생활을 하고 있는 것일까.

문화가 사람을 만든다. 어떤 문화생활을 하고 자랐느냐에 따라 그 사람의 성품이 결정된다. 우리 부모세대처럼 먹고사는 일이 급한 것도 아닌데, 마치 난전 상인마냥 우리 아이들은 거칠다. 따뜻한 마음 한 조각이 없다.

임원선거

3월이면 새 학기가 시작되고 학교에서는 임원 선거가 있다. 후보들은 반을 위해 학교를 위해 어떻게 할 것인가에 대해 공약을 들고 나와 친구들의 선택을 받는다. 예전에는 엄마들의 치맛바람이니 뭐니 해서 3월이 시끄러웠는데 중·고등학교에서는 어느 날부터 임원을 하면 공부에 방해가 된다며 사양하는 일까지 벌어지고 있다.

일부 학생들이 임원을 맡는 이유를 듣다 보면 대입을 위한 스펙을 쌓기 위해 후보로 나서는 경우도 있다. 이런 생각을 나무라기만 할 수는 없는 노릇이다. 임원은 반과 학교를 위해 봉사하는 자리가 맞지만 아무도 하지 않는다면 그것 또한 문제이다. 스펙을 떠나 임원이라는 경험이 훗날 자신에게 더 많은 것을 갖다 줄 수 있다는 생각을 한다면 봉사의 시간이 결코 헛되지 않을 것이다.

학생들이 임원 선거를 통해 하나 더 배울 수 있는 것이 바로 민주주의다. 공정한 선거를 통해 당선자가 나오면 패자는 승자에게 축하를 하고 승자는 패자를 끌어안고 갈 수 있는 모습도 보여야 한다. 임원이 된 친구는 학급과 학교를 어제보다 나은 모습으로 만드는 데 최선을 다해야 한다. 그래서 친구들이 자신을 선택한 것이 결코 틀리지 않았다는 것을 증명해야 한다.

종종 임원이 되어 친구들을 위해 봉사하겠다는 생각은 간데없고 오로지 자신을 내세우고 알리는 데 힘을 쏟으면 반과 친구들은 어떻게 되겠는가. 임원으로 선택한 친구들이나 선택하지 않는 친구들이나 후회만 남을 것이다. 내년에 이런 친구가 출마를 하면 다시 뽑아주지 말아야 한다는 교훈을 얻을 수 있을 때 임원으로 나서는 후보들이 긴장을 한다.

올해 6월은 지방자치단체 선거가 있다. 지역의 대표를 뽑을 수 있는 선택의 시간이 주권자(유권자)들에게 주어진다. 이미 후보들 중 몇몇은 6·4 지방선거에 출사표를 던져놓고 준비하고 있다. 주권자들은 현역 단체장의 4년 전 후보였던 시절과 당선자가 되어 지자체를 이끈 모습을 보고 다시 선택할 수도 있고 낙선시킬 수 있는 힘이 있다.

선거를 치르고 나면 후회만 남는다는 말이 있지만 일단 선택을 해놓고 후회를 해도 하는 것이 주권자의 자세이다. 선거에 참여하지 않고 후보들이나 당선자들을 싸잡아 비난해 보았자 의미가 없다. 당선자의 귀에 들어오지도 않을 뿐더러 오히려 저런 사람이 있어 내가 당선이 되었다는 생각을 심어주게 된다.

학창시절 임원선거를 아무 생각 없이 한 아이들은 어른이 되어도 후보를 바라보는 시선이나 공약에 대해 큰 의미를 두지 않는 경우가 대부분이다. 임원선거가 비록 학급이나 학교를 이끌 대표를 뽑는 것이라 해도 내가 소속되어 있는 환경을 좌우할 수 있다는 생각을 한다면 함부로 투표권을 행사할 수는 없다.

초등학교 아이들은 투표권을 행사할 때 나와 친하다는 이유로 나와 전학년 때 같은 반이라는 이유로 나와 같은 성性이라는 이유로 선택하면 반을 위한 마음이나 학교를 위한 마음은 둘째 치고 끝내 나마저 버림을 받는다는 것을 아직 모른다. 이런 점은 사회시간에 좀 더 구체적으로 교육이 되었으면 좋겠다.

이번 지자체 선거 역시, 유권자들은 우리 지역을 4년간 이끌어갈 후보들의 면면을 꼼꼼히 따져보고 생각해 보는 시간을 가져야 한다. 공약을 지킬 수 있는지 따져보는 것은 물론, 과거의 행적과 현재는 어떤 모습으로 살고 있는지도 놓쳐서는 안 된다.

    선택은 나만의 문제가 아니다. 내 이웃의 삶에도 영향을 주고 더 나아가서는 우리 아이들의 미래에도 영향을 끼친다. 아이들의 임원선거가 민주주의를 배울 수 있는 기회가 되는 것처럼 어른들도 이번 6·4 지방선거를 기회로 우리 지역을 더 나은 미래 공간으로 만들 수 있는 후보자가 누구인지 관심을 갖고 주권을 행사했으면 한다.

공동체로 한 발짝

초등학교나 지역 사회단체 등에서 봄가을 벼룩시장을 연다. 일명
아나바다(아껴 쓰고, 나눠 쓰고, 다시 쓰고, 바꿔 쓰고) 운동이다.
이런 행사를 곳곳에서 진행하다 보니 우리 눈에도 익숙하다. 벼룩
시장에 나오는 물건들을 보면, 집에서는 더 이상 필요하지 않은 물
건을 내놓은 경우가 대부분이다. 물물교환을 통해 서로 필요한 물
건을 주고받는 경우도 있지만 내게 필요한 물건을 싼 가격으로 구
입하는 기회도 된다. 그뿐만 아니라 이익금을 불우한 이웃을 위해
사용하기도 한다.

　이런 시장 놀이를 통해 우리 아이들이 물건을 재사용할 수 있
는 기회를 배우기도 하고 나눔의 문화를 느낄 수 있는 시간이 되
기도 한다. 지난 6월 2013 대전·충청권 마을기업, 사회적 기업 박
람회가 대전엑스포 시민광장에서 열렸다. 다양한 마을기업과 사회

적 기업들이 참여하여 사회적 기업이 무엇이며, 어떤 모습으로 생산과 유통을 하고 있는지를 알렸다. 물건을 많이 팔아 더 많은 이익을 남기는 것이 목적인 여느 기업 박람회와 달리 서로 소통하고 나누고 함께 하는 삶이 어떤 것인지에 초점이 맞추어져 있었다. 마치 축제장을 방불케 했다. 그날 행사장에서 만난 사람들의 얼굴은 삶에 찌든 모습이 아니라 즐기는 여유가 묻어 있었다.

누가 뭐라고 해도 우리는 행복해지기 위해서 살아간다. 그런데 지나친 경쟁과 자기만의 이익을 위한 시간을 채찍질하는 것으로 방편을 삼다보니 행복은 멀어지고 무한경쟁 시장 속에 우리가 내던져진 것이 아닌가 하는 생각이 종종 든다. 우리 아이들에게 '공부해서 남 주냐' 라는 말보다 장기려 박사의 '공부해서 남 주자'를 외쳐보게 하면 어떤 반응을 보일까. 아이들이 부모님들한테 가장 많이 듣는 말이 "공부하라"는 말이다. 그 말을 듣는 순간 아이들은 얼굴로 대답한다. 왜 공부를 해야 하는지 그 이유를 정확하게 알지 못해 공부가 싫고 공부에 대해 모든 조언은 잔소리가 된다.

공부해서 자신이 갖는 것보다 공부해서 남 주자는 것이 동기부여가 확실히 더 잘 되는데 말이다. 남을 위한 삶을 실천하고 있는 사람들은 공통적으로 자신만 생각하며 살아가던 시간보다 행복하고 즐겁다고 말한다.

이쯤 되면 공부해서 남 주는 것이 괜찮아 보인다. 그러나 결코 말처럼 쉬운 일이 아니다. 무언가 함께할 수 있는 연결고리가 필요하다. 요즘 다양한 협동조합들이 만들어지고 있다. 나 혼자만 잘 살아서 행복하지 않다는 것을 이미 몸으로 체험하고 있기에 공동체 안에서 삶을 나누고 그 삶을 통해 행복을 찾고자 하는 것이다. 작년 국회에서 '협동조합기본법'이 통과 되었다. 5명만 모이면 다양한 협동조합 설립이 가능해졌다. 1인 1표제도 기존의 주주제도에서 찾아볼 수 없는 형태이다. 주식을 많이 소유한 사람들에 의해 의사결정이 나는 것이 아니라 모든 조합원이 동등한 자격으로 조합에 참여할 수 있는 길이 열린 것이다.

이 법이 통과되기 전에는 협동조합 설립 조건도 까다로웠다. 조합별 소비자 생협은 최소 300명, 지역 농협은 최소 1000명 이상의 인원이 모여야 설립이 가능했다. 이런 장벽 때문에 협동조합을 만든다는 것은 결코 쉬운 일이 아니었다. 지금 어린이들과 청소년들은 공동체가 무엇인지 왜 필요한지 관심이 없다. 오로지 공부해서 돈을 많이 버는 것이 유일한 목적이 되고 말았다. 그 돈으로 집

사고, 차 사고, 맛있는 것을 먹고 놀겠다는 목표를 실천하겠다는 생각을 하다 보니 쉽게 지치고 힘이 빠진다. 공동체의 첫걸음을 익히는 데 협동조합이 그 역할을 담당할 수 있을 것 같다.

친한 학부모들이 모여 토요일 일요일 쉬는 날을 이용해 아이들과 함께하는 시간을 만들면 어떨까. 교과서만 외우는 공부를 덮고 더불어 사는 공부를 하는 시간을 가지면서 말이다. 삭막해져만 가는 사회 속으로 사랑하는 아이들을 몰아넣는 일을 어른들 손으로 이제 끊어야 할 때가 왔다. 우리 아이들의 미래를 위해서 그래야 한다.

다양한 체험 프로그램을 만들어 아이들을 교과서 밖으로 불러내자. 시험이, 국영수가 공부의 전부가 아니라는 것을 어른들이 먼저 실천해 보자. 전인교육을 시킬 수 있는 다양한 공동체 조합을 운영해 보자. 민주적인 절차를 배우고 내가 배운 것을 나누는 마음을 알려주자. 더불어 산다는 것을 몸으로 익혀 우리 아이들의 미래가 어른들의 작금의 삶보다 행복할 수 있도록 길을 열어주자. 브레이크 없는 자본의 속도에 아이들을 밀어 넣지 말고 스스로 행복이 무엇인지 어떻게 살아야 행복해지는지 찾을 수 있도록 그 길을 열어 주자.

용산참사

70년대에 '난장이가 쏘아올린 작은 공'이라는 소설이 나왔다. 그후 이 소설은 100쇄를 돌파하며 우리나라에서 가장 많이 팔린 소설 중 하나가 되었다. 수많은 사람들이 멋으로 들고 다니기도 하고 소일삼아 읽기도 했던 『난장이가 쏘아올린 작은 공』은 스테디셀러가 되었는데, 소설 속 주인공이 우리 사회에 아직도 존재한다면 사람들은 어떤 생각을 할까.

난쟁이 가족이 살아가는 공간을 누군가 빼앗아간다면 당신은 어떻게 하겠는가. 이런 물음을 던지려고 하니까 너무나 쉽게 그 답을 용산참사 구형에서 알려주는 것 같아 마음이 아프다.

2009년 1월 도심 한복판에서 일어난 사건이 있었다. 어둠이 채 가시기도 전에 주변은 긴장감이 돌기 시작했다. 경찰의 진압이 시작되었고 국민들은 망루에 불길이 치솟는 장면을 뉴스를 통해 시청했다. 그 사건으로 여섯 명(경찰 포함)이 목숨을 잃었고 열 명이 넘는 부상자가 발생했다.

사망자 중 한 명은 경찰특공대였고 다른 다섯 명은 철거에 항의하기 위해 망루에 오른 사람들이다. 그들의 주검은 아직도 냉동고에 있다. 장례를 치르지 못한 채 계절이 세 번이나 바뀌었다. 이런 와중에 용산참사 재판이 진행되었고 오늘 구형이 있었다. 희생자 중 한 명의 아들인 이충연 씨가 8년 구형을 받았다. 그리고 이런 말이 덧붙여졌다. "사망한 故이상림 씨의 유족임을 고려해 이충연에게 징역 8년을 구형한다."

용산참사 현장에 있었던 사람들은 우리 사회의 어두운 그림자를 지우지 못한 채 구형을 받았다. 소설 속에서 빠져나오지 못한 난쟁이 가족처럼 이충연 씨는 중형을 선고 받았고 이충연 씨 아버지 이상림 씨는 냉동고에 갇혀 있다.

정운찬 국무총리가 용산참사 현장에 찾아가 가족을 만났을 때만 해도 이 문제가 그래도 풀리지 않을까 하는 순진한 생각을 했다. 국무총리의 눈물도 조금은 진실일 것이라는 생각을 했기 때문이다. 그 눈물의 의미도 돌이켜 생각해 보면 진심으로 용산참사에 가 닿지 못한 것 같다.

가끔 이런 생각을 한다. 용산참사 같은 사건을 다시는 보지 않았으면. 보고 있는 것 자체가 아프고 끔찍하고 슬프기 때문이다. 아무리 소리를 쳐도 사람들은 눈도 귀도 막아버리고 도심 속 테러리스트라는 낙인이 찍히는 이런 세상이라면 세상이 얼마나 두렵겠는가. 원인을 규명하는 것보다 난쟁이 가족들을 몰아내는 일에 더 열심인 사회는 제2, 제3의 용산참사를 부를 수 있다는 생각을 하니까 온몸에 소름이 돋는다.

법과 원칙을 강조하는 사회, 원칙대로 살아가는 것은 사회를 지키는 울타리이기에 공동체를 사는 누구나 따라야 하고 그것을 지키는 것이 구성원의 자세임은 분명하다. 그러나 그 분명함 속에 무언가 빠져 있다면 그 때부터 소외라는 말이 생기고 억울함이라는 말이 세상에 떠돌게 된다. 단지 돈이 없어 이런 차별을 받고 이런 일을 당한다면 그 사회는 공동체로서 큰 문제점을 안고 있는 것이다.

용산참사가 남긴 상처는 시간이 흐를수록 치유하기 어려워진다. 그 상처는 우리 사회의 상처이기도 하다. 상처를 안고 하루하루 살아가는 모습은 형벌이나 다름이 없다. 형벌을 내려놓는 일을 해야 하는 주체는 하나뿐이다. 다름 아닌 정부이다. 더 이상 용산

참사로 국민들과 유가족들에게 상처를 주어서는 안 된다.

8년 구형이 떨어지고 최후의 진술(법과 제도가 바로 서서 저희와 같은 철거민들을 양산하지 않았으면 좋겠습니다)이 있었다. 그 진술을 듣고 재판장님은 어떤 생각을 했을까. 재판장님도, 대통령님도, 국무총리님도 저녁 밥상에 가족들과 함께 앉으면 평범한 가장이요, 아버지요, 아들일 것이다. 용산참사에서 드러난 살아보고자 발버둥치는 서민들의 마음을 깊이 헤아려 보았으면 하는 마음 간절하다.

가면

가끔 가면을 쓰고 싶다. 몹시 부끄러운 행동을 했을 때나 들키고 싶지 않은 무언가를 들켰을 때. 아침 일찍 서울에 볼 일이 있어 집을 나섰다. 벌써 6개월째 화요일이면 이른 밥을 먹고 기차를 탄다. 몸이 피곤한 날이면 눈을 붙이기도 하고 읽어야 할 책이 있으면 책을 보며 두 시간 남짓 기차에서 보낸다. 눈이 아프면 잠시 창밖을 보며 바깥 풍경에 빠져들기도 한다.

서울역에 도착하면 서둘러 목적지를 향해 발걸음을 옮긴다. 그러다보면 낯선 사람들과 부딪히기도 하고 어떤 때는 발이 밟힐 때도 있다. 이런 경험은 서울에서 흔하게 일어나는 일들이라 다들 그러려니 하며 지나간다. 바쁘다보니 미처 사과의 말도 하지 못하고 기분 나쁠 여유도 없이 각자의 길을 향한다. 몇 주 전, 일을 끝내고 다시 서울역으로 급하게 돌아오는 길, 대전에 볼 일이 있어

평상시보다 빠른 표를 예매하고 열차 시간을 놓치지 않으려고 부딪히고 밀며 에스컬레이터에 몸을 실었다. 바로 앞 사람이 올라가는 길을 막고 있어 밀치며 급하게 뛰어올라갔다. 어깨가 스친 사람에게 형식적으로 미안하다 말하고 그대로 달려가는데 그의 입에서 "씨발"을 들어야 했다. 순간 화가 나서 걸음을 멈추고 "방금 뭐라고 했냐"며 따지듯이 물었다.

20대 중·후반 정도의 젊은 친구는 아무 말 없이 그냥 걸어갔다. 나 역시 열차 시간에 쫓기고 있으니 그냥 가면 될 텐데 젊은 친구에게 욕을 들었다는 생각에 반말을 쓰며 화를 냈다. 그는 내 말을 무시하고 갈 길을 갔다. 그 친구를 따라가며 계속 반말로 "뭐라고 했냐"며 목소리를 높였다. 그는 아무 말도 하지 않은 채 걷기만 했다. 차 시간이 다 되었다는 생각은 잊고 계속 따졌다.

그는 걸음을 멈추고 나를 보더니 내가 혼자만 탈 수 있는 에스컬레이터를 타고 올라와 자신을 밀쳐서 욕을 했다는 것이다. 뒤를 돌아보니 그 친구 말이 맞았다. 혼자 탈 수 있는 공간인데 내가 비집고 올라와 이 사단을 만들어 놓고 오히려 큰 소리를 치고 있었다. 더욱이 세월호 참사 희생자 추모 리본을 가슴에 달고 말이다. 순간 얼굴이 화끈거리는 것은 물론이고 노란 리본이 너무나 크게 느껴졌다. 거기서 잘못을 인정하고 사과를 했으면 좋았을 텐데 부끄러움과 젊은 친구에게 욕을 먹었다는 생각에 대충 얼버무리고 플랫폼으로 뛰어갔다. 겨우 차를 타고 의자에 앉았는데 얼굴이 계속 뜨거웠다. 나이를 먹으면 좀 더 차분해지고 사리분별도 좋아져야 하건만 지천명을 앞두고 이게 무슨 짓인가.

몇 주 전에는 급한 마음에 갑자기 상대방 차선에 끼어들어 상대방 차가 내 차를 가로막는 일이 일어났다. 따지고 드는 젊은 친구에게 험한 말까지 했다. 그뿐만이 아니다. 생면부지의 인연들에게 조그마한 불편함이 느껴지면 앞뒤 가리지 않고 시정잡배들처럼 막말을 한 적도 있다.

기차에 앉자마자 세월호 리본을 떼어 가방 속에 넣었다. 옛말에 나이를 먹으면 입은 닫고 지갑을 열어야 한다고 했는데 지금 내 모습을 보면 지갑을 닫고 입은 오히려 더 나불거리고 있지 않나 하는 생각이 든다. 잘못을 해놓고도 사과하기는커녕 상대방의 언짢은 반응에 열을 올렸다. 설령 그 순간 가면이 있다 해도 가면 속으로 얼굴을 감출 수는 있었을지 모르지만 부끄러움은 숨길 수가 없을 것이다. 아직 잘못을 하면 늦게나마 부끄러움을 느끼고 있다는 것이 그나마 위안거리다.

아침마다 세면을 할 때 얼굴을 본다. 나이를 먹으면 얼굴이 온화해져야 하는데 자꾸 가면이나 써야겠다는 생각을 하게 된다. 결코 잘못을 숨길 수도 없는데 말이다. 얼굴에 책임을 져야 할 나이에 가면 타령이나 하고 있는 모습이라니……

5,580원

스무 살 시절, 한 달에 나흘을 일했다. 대부분 토요일이나 일요일 중 하루 날을 잡아 막일을 나갔다. 거기서 받은 돈으로 한 달 동안 나만의 세상으로 빠져들었다. 그 당시 일당이 5만 원 정도였는데 소개비 5천 원을 인력사무소에 내면 4만 5천 원을 손에 쥘 수 있었다. 일당에 네 번을 곱하면 약 18만 원이다.

그 돈으로 한 달 동안 먹고 자고 입는 것을 간신히 해결했다. 쌀 20kg, 김 한 톳, 고추장, 소주 몇 병 그리고 김치는 담가 먹었다. 방세와 책값이 가장 크게 나가는 돈이었는데 그 돈을 만들기 위해 하루 일을 더 하거나 일당을 더 주는 일(사모래를 지는 일과 벽돌을 나르는 일)을 한 기억이 있다.

그 당시 빛도 들어오지 않는 서울 변두리 지하 방세가 8만 원 정도였고 책을 사기 위해 청계천 헌책방을 들러야 하는 수고를 해야 했다. 그래도 행복해하며 자취방에서 하루가 어떻게 가는 줄 모르고 나만의 즐거움에 젖었었다. 지금의 내가 이렇게 산다면 다들 폐인이 아닌가 하는 눈초리를 숨기지 않을 것이다.

지금 우리 현실에서 한 달에 나흘 일을 하고 산다는 것은 말도 안 되는 소리다. 특히 일감이 규칙적이지 않은 막일을 해서 산다는 것은 더욱 어려운 일이다. 이 글의 제목 '5,580원'은 2015년 최저임금 시급이다. 한 시간 일을 해서 받은 돈으로 먹을거리를 살 수 있는 것이 거의 없다. 김치찌개도 6~7천 원을 하는 실정이다. 식당에서 밥 한 끼 제대로 먹을 수 없는 돈이다.

어느 교수가 영국 생활에 대해 글을 쓴 것을 본 적이 있는데 두 시간 일을 해서 돼지고기, 빵, 과일, 채소 등을 사고 맥주도 한 캔 살 수 있다는 내용이었다. 참고로 영국의 최저임금은 우리나라보다 두 배 가까이 높다.

한 시간 일을 해서 우리가 살 수 있는 기본 먹을거리를 생각해 볼 때 우리의 현실은 녹녹치 않다. 하루 일당 중 절반은 털어 넣어야 최소한이나마 장바구니 무게를 만들 수 있다. 1990년대 나의 생활은 20만 원 정도로 한 달을 보낼 수 있었다. 좋아하는 책을 보고 비가 오거나 바람이 불면 소주 한 병 비우는 즐거움도 맛볼 수 있었다. 이런 모습을 나는, 운치니 한 달의 즐거움이니, 말하고 있지만 비루한 삶을 살았다고 말해도 변명할 수 없는 모습이다.

하루에 8시간을 일해서 받을 수 있는 돈이 44,640원이다. 한 달에 나흘 일을 한다 치면 20만 원이 채 되지 않는 돈이다. 이 돈으로 한 달 생활은 거의 불가능하다. 25년 전 막일 일당이 5만 원이었는데 지금 8만 원이라고 한다. 그만큼 인상되었다 해도 한 달에 나흘 일을 해서 받을 수 있는 돈이 29만 원(소개비 제외)이다. 이 돈으로 한 달을 생활한다는 것은 현실적으로 일어날 수 없는 일이다. 더욱이 책을 사서 보거나 소주 몇 병 냉장고에 넣어둔다는 것은 사치도 이런 사치생활이 없을 것이다.

요즘 시간당 최저임금에 대한 이야기가 계속되고 있다. 비정규직은 이미 우리 노동시장에서 일상이 되어 더 이상 낯선 풍경이 아니다. 그보다 못한 아르바이트를 하는 사람들의 시간당 땀의 대가가 5,580원으로 책정이 되어 있다는 것은 차상위계층의 경제 울타리가 어디에 있는지 단적으로 보여주는 현실이다.

인간이 다른 동물과 다른 점은 의식주 문제가 해결이 될 때이다. 그게 해결되지 않으면 이미 인간으로서의 최소의 품위도 지킬 수 없는 지경에 빠진다는 뜻이다.

최소 시간 당 1만 원은 되어야 한다는 사람들과 그렇게 되면 중소기업이나 상인들은 도산하고 말 것이라는 주장이 맞서고 있다. 문제는 무엇을 우선시 하느냐 인데 그 문제에 대해 정부는 거의 방관자적 모습이다. 고용주와 고용인의 생각의 차이는 동서고금을 막론하고 존재해 왔다. 앞으로도 자본주의가 망하지 않는다면 계속될 것이다.

이럴 때 정부가 나서서 중재 역할을 해야 하고, 국민들은 그 것을 기대하며 세금을 의무로 여기며 납부하고 있다. 정부가 굳이 누군가의 입장에 서야 한다면 강자의 편보다는 약자의 편에 서는 것이 맞는 자세이다. 그런데 그런 모습은 흐릿해서 거의 찾아 볼 수가 없다. 다시 말하지만 사회의 빛에서 소외되고 있는 차상위계층의 현실을 정부가 외면하면 그들을 돌볼 집단은 어디에도 존재하지 않는다는 것을 알아야 한다.

하루 8시간 일을 해도 5만 원이 되지 않는 돈으로 무엇 하나 할 수 없다는 것을 정부는 알고 있을까. 정말 알고 있다면 한 시간 최저 임금 1만 원은 현실화되어야 한다. 더욱이 언제 잘릴 줄 모르는 환경에서 일을 하고 있는 생계형 아르바이트의 현실은 불안의 임계점에 도달해 있다. 앞에서 이야기했지만 인간이 다른 동물과 다른 점은 의식주 문제에서 출발한다. 한 시간 노동비용이 최소 1만 원은 보장되어야 한다는 주장은 다른 무엇도 아닌 인간의 생활과 동물의 생활을 구별해 보자는 뜻이다.

4부

'아고라'에 가면 시대의 자화상이 있다

끝나지 않을 것만 같았던 봄과 여름이 지났다. 그 뜨거웠던 계절을 뒤로 하고 창밖의 늦가을 비를 보고 있다. 가을 길에 접어들면서 가뭄은 남부지방에서 중부지방까지 번져 먹을 물마저 부족하게 되었다. 조상들은 봄에 내리는 비를 약비라고 불렀다. 지금 같아선 가뭄도 덜어주고 소통에 목말라 하는 국민들 갈증도 풀어줄 수 있는 거친 소낙비라도 만나고 싶다.

완연한 늦가을이다. 이 가을 날 아고라에서 활동했던 수많은 누리꾼들이 스쳐간다. 그들은 지난 봄과 여름에 있었던 일(미국산 쇠고기 수입 반대 집회)에 대해 어떤 생각을 하고 있을까. 나 역시 한 명의 누리꾼으로 인터넷 공간을 찾았고 소통의 장이 만들어지는 모습을 지켜보며 웃고 울었다. 늦었지만 지금이라도 함께했던 누리꾼들의 안부를 묻는다.

지난 9월 초에 들리는 소식은 촛불집회에 참여했던 아이디 '권태로운창'의 구속 기사였다. 아고라 토론방은 '권태로운창'을 당장 석방하라는 글들이 주를 이루었고 청원란에는 3000명이 넘는 누리꾼들이 서명을 했다. 그의 죄목은 시위 주도와 돌맹이 몇 개를 경찰에 던졌다는 것이었다. 과연 누가 누리그물 상에서 그의 말을 듣고 시위에 참석했겠는가. 답답한 현실을 보고만 있을 수 없어서 자발적으로 뛰어나간 것을 주동자에 의해 이루어진 사건이라고 보는 시선이 답답할 뿐이다.

'권태로운창'의 구속에 이어 '유모차 부대'에 참여했던 주부들이 수사 대상에 올랐다. 내 아이 건강을 국가나 정부가 지켜주지 못한다면 그 마지노선을 지키는 사람은 과연 누가 되어야 할까. 결국 엄마라는 이름밖에 남지 않는다. 그 마음으로 광장에 나온 엄마들을 경찰이 수사하겠다고 나섰으니 이 또한 시대의 진풍경이었다.

아고라 토론방에는 아이들을 위험에 내몬 비정한 엄마라는 의견을 낸 누리꾼도 있었고 자식의 건강을 지키기 위해 나선 엄마라는 여론도 있었다. 하나 더 기억나는 사건이 있다면 7월 말에 나온 『대한민국상식사전 아고라』(여우와두루미)의 출간이다. 아고라와 촛불집회에 대한 에피소드가 가득 차 있는 책이다. 아고라와 촛불에 대해 아주 재미있게 설명되어 있다. 그 책에서 '권태로운창', '단군후손', '한글사랑나라사랑', '장자호접몽' 등 많은 사람들의 글이 실려 있다. 아고라에 올라왔던 짧은 문장들이 시대를 촌철살인하고 있는 내용을 읽으며 웃어야 할지 울어야 할지 고민에 빠질 정도였다.

11월, 아고라와 촛불이 남긴 전설은 여름이 끝났지만 지금도 어디선가 이야기 되고 있다. 아고라에 들어오면 눈으로 직접 확인도 가능하고 글을 올린 누리꾼들의 꿈틀거리는 마음도 느낄 수 있을 것이다. '각시탈'이라는 아이디를 가진 분은 매일 자신이 사는 지역에서 한겨레신문과 경향신문을 무료로 배포하고 있으며 그 영향으로 서울의 일부와 부산, 대구, 대전, 광주 등에서도 활발하게 봉사하는 분들이 생겨났다. 이런 분은 아고라에 오면 만날 수 있다.

또 하나의 촛불 자화상은 '다인아빠'라는 아이디를 가진 분이다. 촛불 집회가 있으면 그곳이 어디든 찾아가서 김밥, 라면, 국수, 커피, 차 등을 시민들에게 제공해 주고 있다. 처음에는 혼자 그 비용을 감당하다 그 마음을 안 시민들이 자발적으로 모금 운동에 참여해서 만들어진 기금으로 봉사를 하고 있다. 어느 교포는 수천만 원을 쾌척했고 십시일반 몇 천원에서 몇 만원까지 시민들의 주머니에서 나온 돈이 음식이 되고 신문이 되었다. 이들의 모습은 필부필부에서 한 발짝도 더 나가지 못한 사람들이다.

누가 이들을 거리로 나가게 만들었는지 이제라도 늦지 않았으니 우리는 이성을 가지고 생각해 보아야 할 때이다.

계절은 11월이 분명한데 늦가을처럼 느껴지지 않는다. 지난 여름, 누리그물 세상과 누리그물 밖 세상이 너무 뜨거워서 그런지 모르겠다. 건국 이래 가장 많은 촛불이 하루에도 수백, 수천, 수만, 수십만 개씩 자신의 몸을 태워 세상을 밝히며 죽어갔다. 역사는 2008년 대한민국을 밝힌 촛불을 향해 뭐라고 말할까. 혹자들은 '새로운 민주주의의 시도'라고 말한다. 판단은 미래 세대에 맡기고 싶다.

아고라에 글을 올린 누리꾼들을 이 좁은 지면에서 다 기억 못 하겠다. 그러나 역사는 훗날 2008년 소통을 위해 아고라에 글을 올린 누리꾼들을 반드시 기억할 것이라 믿는다.

누리그물 세상에서 만난 문학

일주일에 한 두 번 순례하듯 나는 헌책방을 찾는다. 헌책방 하면 대부분의 서울 사람들 머릿속에 떠오르는 장소가 청계천 골목이 아닐까. 나도 한 때는 그곳 단골 중의 한 명이었다. 삶의 터전을 대전으로 옮기기 전까지 말이다. 내가 사는 대전에도 헌책방 골목이 있다. 대전역에서 멀지 않은 곳에 자리 잡고 있는 헌책방 골목 동네 이름이 원동이다.

이곳에서 40년을 넘게 헌책방을 운영하는 주인장도 있고 30년을 넘긴 주인장도 몇 명 있다. 말 그대로 헌책에 관한 한 산전수전 다 겪은 사람들이다. 세상 일이 잘 풀리지 않아 퍽퍽하거나 마음이 답답하면 층층이 쌓여있는 헌책 생각에 집을 나선다. 대부분 책 한 권 건지지 못하고 그냥 돌아오는 경우가 많지만 가끔 헌책방 골목의 역사에 대한 주인장들의 생활 철학을 들으며 마음이 숙

연해질 때가 있다. 누군가 돈이 없어 팔고 간 책부터 고물상을 통해 들어온 책까지 사연도 다양하다.

이런 사연을 듣다 보면 사람 사는 모습이나 헌책들의 삶이나 별반 차이가 없는 것 같다. 헌책방을 들르면서 알게 된 사실 하나는 헌책도 시대별로 인기를 모았던 장르가 있다는 것이다. 70-80년대는 사회과학 서적이 손님의 옷깃을 잡아끌었다면 처세술이나 경제 서적들이 주류를 차지하고 있는 것이 헌책방의 근황이다.

변함없이 나가는 것 중의 하나가 문학 장르이다. 판매는 예전에 비해 눈에 띄게 줄었지만 다른 장르에 비해 아직도 팔리는 축에 든다.

시대가 변해도 잘 나가는 책이 하나 더 있다면 초, 중, 고등학생들의 자습서나 문제집이다. 새 학기를 준비하는 요즘 헌책방 주인장들은 자습서 코너를 따로 만들어 놓고 학생들을 기다릴 것이다. 한 해의 시작부터 3, 4월까지 헌책방을 지배하는 책은 참고서가 아닐까 생각해 본다.

책은 그 시대의 흐름을 읽을 수 있는 중요한 잣대가 된다. 세상의 화두가 경제 부문에 국한되면서 인문과학과 사회과학 서적들이 된서리를 맞았다. 이런 책들이 출판만 되고 팔리지 않아 헌책방에서 먼지만 켜켜이 둘러쓰고 앉아 있다. 돈이 되지 않는 것은 시장경제에서 도태되는 것이 당연하다고 생각하는 사회적 분위기가 지배적인 이상 앞으로도 이런 현상은 계속 될 것이다.

그런데 이런 분위기를 쇄신하려는 듯 〈미디어 다음〉에서 새롭게 서비스하는 코너, '문학 속 세상'이 생겼다. 요즘 나도 이곳에 꼭 들러 소설과 시를 만나고 있다. 세상에 돈이 되는 일이라면 그곳이 지옥이라도 쫓아가는 현실 앞에서 〈다음〉은 희한한 선택을 했다. 사람들의 관심에서 오래 전에 멀어진 문학 장르(소설, 시, 수필)를 누리그물 상에서 서비스하기 시작한 것이다. 한 편으로 걱정도 되고 한 편으로 뿌듯한 마음이 들기도 한다.

우리나라는 말할 것도 없고 세계가 경제 공황에 빠졌다고 지구촌 뉴스들은 이구동성으로 떠들고 있다. 이런 경제 위기를 부른 장본인이 경제학은 아닐 것이다. 경제학을 제대로 배우지 못한 인간들의 욕심이 낳은 산물이라는 생각을 지울 수가 없다. 눈만 뜨면 경제가 화두가 된 세상, 그 세상에서 경제를 제외하고 어떤 학문이 살아남을 수 있을까 하는 걱정에도 당장 눈에 보이는 이익이 없다면 들으려고도 하지 않는 분위기가 지난 몇 년간의 우리나라 모습 아니었을까.

돈으로 세상을 말한다 해도 인간으로서 마지막까지 버려서는 안 되는 학문이 있다면 인문학이다. '인문학의 위기라고 말하는 사회는 미래가 없다'라고 감히 한 마디 하고 싶다. 지금 우리들이 경제에 된서리를 맞은 이유 중 하나도 브레이크 없는 부의 맹신 때문이 아닐까 생각한다. 독식경제에서 상처 받은 몸과 마음을 인문학으로 극복해 보면 어떨까.

〈미디어 다음〉이 누리그물 상에서 문학을 서비스하는 일을 시작한 것은 백 번 박수 칠 일이다. 조회 수나 광고 효과는 다른 코너에 비해 미미할지 모르지만 인간을 먼저 생각하는 마음에서 볼 때 돈으로 계산할 수 없는 가치가 있다. 염치없는 소리라고 해도 좋다. 이번 기회에 서비스 범위를 넓혀 인문학 강의까지 밀고 나갔으면 좋겠다. 더불어 사용자들에게도 부탁 하나 하고 싶다. 〈미디어 다음〉에서 제공하고 있는 '문학 속 세상'에 들러 하루를 시작해 보자고.

문득, 방송통신심의위원회의
심의를 보다가

한 시절 '3S'라는 말이 유행할 때가 있었다. 스포츠(sports), 스크린(screen), 섹스(sex). 이것에 중독이 되어 사는 현대인을 풍자하며 만든 말이었다. 세월이 많이 지났지만 여전히 이 단어들이 낯설지 않다. 지금은 소 닭 보듯 하지만 한 때는 나도 이 단어들에 빠져 지낸 시절이 있었다.

오늘은 아직까지 헤어 나오지 못한 스포츠 중독에 대한 이야기를 하고 싶다. 사실 나는 직접 참여하여 운동장을 누비는 것 보다 구경하는 것을 더 좋아한다. 퇴근하고 집에 들어와 시간이 나면 스포츠 채널로 손이 가는 것도 이 때문이다. 늦은 시간에 볼 수 있는 스포츠는 많다. 미국 야구나 유럽 축구도 그 중 하나이다. 특별히 어떤 선수를 좋아해서 보는 것은 아니지만 박찬호나 박지성 선수가 열심히 뛰는 모습을 보는 것만으로도 결코 나쁘지 않는 즐거움이 따라온다.

스포츠에 열광하는 사람들이 나만은 아닐 것이다. 사람마다 좋아하는 경기가 있고 아마추어를 넘어 마니아 수준까지 도달한 사람들도 많다. 좋아하는 이유도 각각 다르겠지만 공통분모를 굳이 하나 찾아본다면 경기를 예측하기 어렵다는 점이 아닐까. 만약 관중이 경기 결과를 미리 알고 있다면 흥미는 반의반도 안 될 것이다.

우리나라 사람들이 좋아하는 스포츠를 직접 조사하지는 않았지만 나의 개인적인 견해로 볼 때 축구와 야구가 아닐까 한다. 물론 농구도 인기 있고 골프에 관심이 있는 경우도 많다. 축구에서 가장 흥미를 끄는 점수는 펠레 스코어인 3대 2 경기이다. 축구를 보러 간 분들이 운동장에서 이 점수를 보았다면 입장료가 아깝지 않을 것이다. 야구 역시 케네디 스코어가 있는데 8대 7 경기이다. 투수전을 즐기는 분도 있겠지만 아무래도 나 같은 경우 점수가 적당히(케네디 스코어) 나오는 경기가 더 흥미롭다.

스포츠 이야기를 하려던 게 아닌데 말이 길어졌다. 본론으로 들어가 보자. 요즘 우리 사회에서 주목을 받는 단체(방송통신심의

위원회)가 있다. 그 옛날에는 그런 단체가 있는지조차 모르고 살았는데 세상이 참 많이 변했다는 생각이 든다. 그만큼 민주주의가 성숙했다는 뜻도 되고 언론이라는 것이 얼마나 중요한지 새삼 다시 느끼고 있는 국민들이 많다는 의미가 아닐까. 이러다보니 이 단체의 일거수일투족을 지켜볼 수밖에 없다는 생각이 든다.

인터넷을 이용하는 사용자 역시 방통심위가 어떤 일을 하는지 대충은 다 알고 있을 것이다. 이 단체가 하는 일은 방송에 관한 일을 심의해서 만장일치로 의견을 내놓는 것이다. 의견이 합의에 이르지 못하는 경우 표결로 처리를 할 때도 있다. KBS 신태섭 이사의 해임을 묻는 것부터 인터넷과 관련된 안건도 이 단체의 손을 일단 거쳐갔다.

내가 이 단체에 흥미를 느끼는 이유는 하는 일보다는 결과에 대한 이야기다. 어떤 중요한 내용을 심의하면 이미 정해진 투표 결과가 나온다는 것이다. 그러다 보니 지켜보는 국민들이나 언론에 관심 있는 사람들은 결과를 금방 예측한다는 문제점이 있다. 혹자들은 방통심을 놓고 6대 3 경기를 보여주는 대표적인 단체라고 비웃는다. 내막을 들여다보니 그럴 만하다는 생각이 든다. 야당의 몫으로 3명의 위원이 활동을 하고 여당의 몫으로 활동하는 위원들이

6명이 있기 때문이다.

언론의 중요한 일을 결정하는 기구가 정치적인 결정을 한다는 것 자체가 난센스를 넘어 웃음거리가 된다는 사실을 모르고 하는 행동일까. 더불어 이 단체는 심의 내용을 알리는 녹취록을 발표하기 싫어한다는 말까지 들려온다. 언론은 국민의 눈과 귀라는 것에 아무도 토를 달 수 없을 것이다. 이런 중요한 사항을 심의 하는 단체가 한결같은 스코어를 낸다면 흥미 유무를 떠나 단체의 존재 의미에 대해서 먼저 생각해 보아야 하는 것이 아닐까. 방통심위가 극적인 경기를 관람하고 싶은 스포츠와 다르다는 것은 삼척동자도 다 아는 일이다. 어떤 판단이 '국민의 눈과 귀를 막는 일이 아닌가'가 기준이 되어야 한다. 그것이 방송통신심의위원회가 존재해야 하는 진짜 이유이다.

〈미디어 다음〉에 조중동의
뉴스 제공 중지를 바라보며

과거 화려했던 시절을 떠올리며 향수에 젖는 것은 인지상정이다. 자신의 잘잘못을 떠나 지금 처해진 현실이 어렵고 힘들면 옛 시절의 영광은 더욱 애절하고 뼛속 깊숙이 스며들 수밖에 없을 것이다. 추억은 늘 그렇게 우리 곁에 다가온다. 이런 추억이라도 없다면 앞으로 살아내야 할 삶의 질곡이 얼마나 더 팍팍하겠는가. 글의 첫머리부터 추억 타령을 하는 이유는 우리 사회에서 한참 잘 나가던 어쩌면 지금도 거칠 것 없어 보이는 신문들에 대한 이야기를 하고 싶어서이다.

올드미디어들이 포탈에 뉴스를 제공하고, 포탈이 그 뉴스를 포탈 이용자에게 서비스로 제공하면서 우리 사회의 뉴스 시장은 커다란 변화를 보이고 있다. 예전의 소비자에게 전달되는 뉴스는

원하든, 원하지 않든 그대로 받아들일 수밖에 없었다. 이런 부분에 대해 소비자는 불만이 있었을 것이다. 그런 가려운 부분을 긁어준 것이 포탈 뉴스 서비스였다.

기존 뉴스에 자신의 생각을 달 수 있는 꼬리말 기능의 등장으로 단순히 뉴스를 소화하는 모습에서 직접 참여하는 모습으로 소비자는 서서히 자리를 잡기 시작했다. 이뿐만 아니라 포탈들의 기능 중에는 블로그 뉴스를 만들어 올드미디어들이 다룰 수 없는 작은 부분까지 잡아내는 일인 미디어 시대를 열어놓았다.

이런 현상을 가장 당혹스럽게 여기는 집단은 아마 올드미디어 시장을 주도하는 신문사일 것이다. 그 중에서 신문 시장의 70퍼센트를 차지하는 조선, 중앙, 동아의 불편함은 최근 미국 산 수입 쇠고기 문제로 더욱 잘 드러난다. 포탈에 조중동의 기사가 올라오면 사용자들이 댓글 기능으로 뉴스를 다시 생산해내는 힘까지 보여주어 소비지향적인 모습에서 생산자와 어깨를 나란히 하는 선을 넘어 뉴스를 재창조하는 수준까지 이르게 되었다.

그 와중에 생긴 현상이 올드미디어가 쏟아놓은 뉴스를 사용자들이 그대로 받아들이지 않는다는 것이다. 사용자들이 올드미디어 뉴스를 보고 검열 아닌 검열 수준으로 진일보하고 있다는 뜻이다. 언론의 기능을 제대로 발휘하지 못하는 언론사들이 긴장하는 것은 당연하다.

사용자와 올드미디어들이 공정성이라는 언론의 기본적인 자세를 놓고 줄다리기를 하다 엉뚱한 곳에서 일이 터지고 말았다. 조선과 중앙 그리고 동아일보가 〈미디어 다음〉에 더 이상 뉴스를 제공하지 않겠다는 선언을 한 것이다. 그것도 비슷한 시기에 세 신문사가 〈다음〉에 전화를 해서 통보했다는 뉴스를 접하며 많은 네티즌들은 어떤 생각을 했을까. 포탈 기업들은 직접 뉴스를 생산하는 곳은 아니다. 일부 뉴스를 생산하는 경우도 있지만 그것은 전체에 비해 미미한 수준이고 대부분은 올드미디어를 통해 뉴스 서비스를 제공받아 화면에 노출시키고 있다. 이런 상황에서 조중동이 더 이상 뉴스를 제공하지 않겠다고 선언했으므로 〈다음〉으로서는 마른 하늘에 날벼락이 아닐까.

언론 시장의 70퍼센트를 선점하고 있는 조중동의 사이에서 일어나는 정론 공방에서 고래 싸움에 새우 등 터진 꼴이라면 지나친 표현일까. 〈다음〉은 사용자의 편의를 제공하기 위해 공간을 제공했고 그 공간이 조중동을 불편하게 했던 것 같다. 특히 〈다음〉에서 제공하는 토론방 아고라는 이번 미국산 쇠고기 수입 반대 집회로 네티즌들에게 재조명되었다. 그 과정에서 조중동의 보도 태도에 대해 성토장이 된 것도 사실이다. 네티즌들은 조선, 중앙, 동아 불매운동에 동참했고 조중동에 광고를 준 기업들에 항의 전화를 하는 일까지 일어났다.

〈미디어 다음〉에 뉴스 제공 중지 사건에 과연 책임은 누가 져야 할까. 포탈 기업 〈다음〉일까, 아니면 아고라를 이용하는 500만 네티즌일까. 그것도 아니면 조선일보, 중앙일보, 동아일보일까. 그 판단은 전적으로 이 글을 읽는 독자의 몫으로 돌리고 싶다.

지나친 서비스는
사용자에게 부담을 준다

하나의 상품을 팔기 위해서는 제품의 질도 중요하지만 서비스 역시 빼놓을 수 없는 마케팅 전략이다. 기업에서 어떤 물건을 시장에 내놓으면 가장 먼저 보는 것이 소비자의 반응일 것이다. 제품에 대해 소비자가 어떤 반응을 보이느냐에 따라 성공과 실패가 결정되기에 잘못된 마케팅이 있다면 보완책을 강구하는 것이 당연한 수순이다.

물건이 소비자에게 팔려나가면 일정 기간 무료서비스를 하고 어느 정도 기간이 지나면 유료서비스를 통해 책임을 지게 된다. 이런 의무를 다하지 못한 기업이 시장에서 소비자의 눈 밖에 나는 것은 불 보듯 빤한 일이다. 그 결과는 기업들이 더 잘 알고 있을 것이다. 언론사는 하나의 기업임에 분명하지만 일반기업 보다 더 많은 책임감을 가져야 한다는 말에 누구나 공감할 것이다. 그러나 그렇지 못한 것이 우리의 현실이다.

미디어의 힘이 얼마나 강한지에 대해서 매일매일 다들 느끼고 있을 것이다. 중앙 일간지부터 지방지까지 언론은 이미 하나의 권력이라는 말에 아무도 토를 달지 않는다. 사용자뿐만 아니라 관련 단체들까지 언론사에 견제구를 수시로 던지는 것도 사실이다.

여기에 포탈이라는 뉴미디어의 등장을 놓고 언론이냐 아니냐의 논쟁까지 불러들이고 있다. 이 모든 논쟁이 소비자에 대한 질 좋은 서비스를 바라는 마음에서 출발을 해야 하는 것은 두말 할 필요가 없다. 올드미디어에 비해 뉴미디어는 빠른 뉴스를 전달하며 사용자를 잡는 데 성공했다. 자체 제작하는 포탈 뉴스도 있지만 올드미디어의 뉴스를 제공받아 포탈에 찾아오는 사용자들에게 뉴스를 노출하는 힘은 이미 사용자들 사이에서 증명이 되었다.

뉴미디어가 올드미디어에서는 할 수 없는 서비스를 바탕으로 사용자에게 편리성을 제공해 주는 기술 역시 날로 발전하고 있다. 뉴미디어의 기술적 진화는 사용자에게 나쁠 것이 없어 보이지만 지나친 서비스는 오히려 사용자를 불편하게 만들 수도 있다는 생각이 든다. 〈미디어 다음〉에서 최근 뉴스를 올리고 그 뉴스에 대해 사용자의 반응을 볼 수 있는 기술을 선보이고 있다. 댓글에 댓글을 달 수 있는 서비스와 추천까지 할 수 있는 기능은 사용자의 입장에서 보면 충분히 흥미를 끌 수 있다. 각 포털사들은 올드미디어에서 제공된 뉴스에 대해 사용자가 기사를 읽고 댓글을 달고 그 댓글에 자신의 생각을 달 수 있게 만들어 단순히 뉴스를 전달하는 공간을 넘어 언로를 다양한 시선으로 여는 장을 마련했다는 평가도 받고 있다.

최근 〈다음〉에 등장한 서비스 중 '이 기사 누가 봤을까'가 있다. 크게 세 가지 서비스를 사용자에게 제공해 주고 있는데 기사에 대해서 연령별, 성별, 지역별로 나누어 그래프를 동원해 시각적인 효과까지 보여준다. 이런 서비스 제공은 사용자가 로그인을 했을 때 가능하다.

모든 사용자가 한 번의 로그인으로 자신의 정보가 노출되는 것을 바랄 것인가에 대해 〈다음〉은 다시 생각해 볼 필요가 있다. 혹여, 실명도 나오지 않고 어느 지역, 어떤 연령, 성별만 나온다고 해서 문제될 것이 없다는 생각을 한다면 위험한 사고가 아닐 수 없다.

사용자의 정보를 사용하려면 어떤 이유가 되었든 반드시 동의를 구해야 한다. 최소한의 동의 장치를 만들어 놓고 서비스('기사 누가 봤을까')를 해야 한다는 뜻이다. 예를 하나 들어 보자. 민감한 정치 기사가 노출되었는데 댓글에 자신의 생각을 썼다. 댓글들이 계속 이어지고 그 댓글에는 다양한 의견이 올라올 것이다. 그런데 어느 지역에서 어떤 연령층이 어떤 성별이 많이 보았다는 통계를 내놓았다면 실명으로 댓글이 노출되지 않는다 해도 사용자와 특정 지역은 분명 부담으로 돌아올 수밖에 없다.

그동안 인터넷상에서 닉네임을 쓰지 않고 실명으로 직접 글을 올리자는 논쟁이 끊임없이 제기되었던 것이 사실이다. 여기에 깔린 문제의식을 모르는 것은 아니지만 아직 인터넷 상의 글을 실명으로 올리지 않는 것은 그만한 이유가 다 있기 때문이다. 정치 기사가 아니더라도 경제, 사회, 문화, 역사, 과학 등 다양한 기사에 대해 일단 로그인을 하면 사용자 의견과 상관없이 자신의 정보가 노출된다. 이런 사실을 좋아하지 않을 사용자가 단 한 명이라도 있다면 새로운 서비스에 대해 다시 생각해 보아야 한다.

더 나아가서 로그인을 하지 않은 상태로 기사를 본 사람들도 많을 것이다. 이런 현실을 감안하지 않은 채('누가 이 기사를 봤을까')이 기사를 어느 특정 지역과 집단이 많이 보았다라는 식의 결론을 내놓는 것도 대표성에 문제가 있어 보인다. 〈다음〉이 사용자를 위해 새로운 서비스를 제공해 주는 것은 좋은 일이다. 하지만 어떤 서비스를 선보일 때 사용자에게 부담을 줄 수 있다면 지나친 친절이 아닐까. 비록 그것이 아주 작은 부분이라 할지라도 놓치지 않는 것이 사용자를 배려하는 마음일 것이다. 이런 소소한 부분까지 〈미디어 다음〉이 생각한다면 미래에도 계속 사용자의 사랑을 받는 기업으로 존재할 것이다.

네티즌과 포탈 사이트
그리고 선거법 위반 93조

청계천이 복개되기 훨씬 이전에 이런 말이 있었다. '청계천에서 구할 수 없는 물건은 없다.' 작은 나사못부터 시중에서 구할 수 없는 불법 물건까지 수천 종류, 어쩌면 수만 종류의 상상도 못할 물건들을 사고팔다 보니, 이런 소리가 떠돌지 않았을까. 요즘 초등학생들도 포탈(다음, 네이버, 엠파스, 야후 등)을 정보의 바다라고 부른다.

　어떤 물건을 구하는 것부터 내가 원하는 것이 무엇이든 찾아볼 수가 있고 내 생각을 자유스럽게 표현할 수 있는 공간이 존재해서 그런 것이 아닐까. 포탈의 모습을 볼 때 청계천과 비교가 되지 않는 시장이 신대륙처럼 우리에게 다가서고 있는 것이다. 이처럼 시공간의 제약을 받지 않는 인터넷이 우리 생활에 없으면 오히려 불편함을 느끼는 시대에 너와 내가 살고 있다.

작년 대선 때부터 포탈 사용자(네티즌)를 가장 답답하게 만든 것이 선거법 위반이었다. 선거법 93조(254조)는 불편함을 넘어 독소 조항이라는 소리가 나올 정도이다. 이 조항 때문에 인터넷에서 소통이 자유스러웠던 사용자들이 표현의 자유를 빼앗겼다면 포탈은 바로 문제를 인식하고 충분한 공론의 장을 만들어 주었어야 했다. 사용자 입장에서 보면 말이다.

이런 말을 하면 "우리(포탈)도 답답하다. 우리가 어떻게 할 수 있는 문제가 아니다"는 볼멘소리가 나올 수 있을 것이다. 그러나 이것은 어디까지나 볼멘소리에 불과하다. 작년부터 2천 명이 넘는 네티즌들이 글을 올리거나 UCC 제작으로 선거법 93조라는 올가미에 걸려 수사를 받았고 수만 건의 게시물들이 본인의 의사와 상관없이 삭제되는 현실을 지켜보아야 했다. 사용자들이 이런 처지에 있다면 이제 포탈을 운영하는 사업자들이 더 이상 지켜만 보아서는 안 될 것이다.

오늘도 포탈에서 쏟아져 나오는 정보와 그 정보에 묻혀 사는 사용자들은 지금 가장 기본적인 알 권리와 표현의 자유를 빼앗긴 채 이러지도 저러지도 못하고 있다. 인터넷이 일상화되면서 네티즌들이 참정권 신장에 분명 긍정적인 역할을 했는데도 말이다. 인터넷 안에 정보화 시대를 역행하는 선거법 93조가 포털과 네티즌 사이를 갈라놓고 표현의 자유까지 침해했다면 분명 심각한 상황이다. 이런 사실을 혹여 포털은 인식하지 못하고 있는 것이 아닌지 노파심에 묻고 있는 것이다.

지금 네티즌들이 피켓을 들고 국회나 헌법재판소에 가서 시위라도 해야겠는가. 물론 필요하면 백 번이라도 해야 한다. 하지만 분명한 것은 네티즌 혼자 해야 할 일이 결코 아니라는 뜻이다. 독소 조항이라고 부르는 93조는 포털과 네티즌이 함께 지혜를 모아 싸워야 할 대상으로 인식했으면 좋겠다. 국민들(네티즌)의 정치적 의사 표현을 막는 대표적인 독소 조항을 언제까지 두고만 볼 수는 없다. 지금 시민단체들과 몇몇 뜻있는 사람들이 헌재에 헌법 소원을 내놓은 상태이다.

이 조항 하나 때문에 수천 명의 전과자를 양산하고 적게는 50만 원에서 많게는 500만 원의 벌금을 기다리고 있다는 사실도 모두에게 답답한 현실이다. 선거법 위반 93조는 정당 및 후보자에 대한 찬반 의사가 선거에 영향을 미친다는 논리로 21세기 정보의 바다인 인터넷과 네티즌의 입에 재갈을 물리는 일을 하고 있다. 갈수록 선거에 참여하는 국민들이 줄어드는 시점에서 눈과 귀까지 막아서야 되겠는가.

이제 18대 국회의원 선거가 얼마 남지 않았다. 작년 대선 때 네티즌들은 너무나 답답했고 수천 명이 넘는 개인들이 정신적 고통을 겪었다. 더불어 자신의 표현이 어떤 동의도 없이 사라지는 현실을 충분히 목격했다. 선거관리위원회에 전화로 항의도 하고 이유도 물었지만 대부분의 문제 제기에 꿀 먹은 벙어리처럼 말이 없었다. 이런 현실을 감안할 때 헌법재판소 역시 합리적인 결정을 하루 빨리 내려야 한다. 국회와 선거관리위원회도 선거법 위반 93조에 대해 다시 생각해 보아야 한다. 다원화된 사회에서 다양한 의견을 막은 채 획일화로 간다는 오해를 받아서 되겠는가.

포탈들이 오이밭에서 신발 끈을 매지 말고 오얏나무 아래서 갓끈을 매지 마라(瓜田不納履,李下不正冠)라는 말을 거꾸로 실천해서 오해라도 샀으면 좋겠다. 한 발 더 나아가서 선거법 위반 93조에 대해 포탈이 사용자를 끌어 모으기 위해 국회와 선관위에 맞서고 있다는 뉴스라도 보고 싶다. 그런 기사가 신문이나 방송에 나온다면 네티즌들은 누구보다 먼저 오해를 풀 용의가 있다.

〈다음〉 '아고라 – 청원란'의
의미를 새겨보며

공장의 부속품마냥 해야 할 일이, 자신이 있어야 할 위치가 정확히 정해져 있는 현대 사회에서 자신의 생각이나 의견을 누군가와 소통한다는 것은 결코 쉬운 일이 아니다. 매체를 통해 봇물처럼 쏟아져 나오는 사건과 사고에 대한 자신들의 생각을 누구에게 말 한마디 할 공간이 마땅치 않은 것이 요즈음의 현실이다.

지극히 개인적인 것에서부터 공익적인 문제까지 누군가와 얘기를 나누고 싶어도 시간 때문에, 혹은 공간 때문에 생각을 그냥 묻어두고 만다. 억울한 일을 당해도 어디를 찾아가야 하는지, 누구에게 탄원을 해야 하는지, 또 자신에게만 이런 일이 생긴 것인지 남들에게도 있었던 일인지 모를 때도 있다. "이런 일엔 이곳" 식의 정보를 명확히 알 수 있는 사람이 몇 명이나 될까. 그런데 인터넷에 이런 점들을 조금이나마 풀어줄 〈다음〉 '아고라-청원란'이라는 공간이 있다. 답답한 사람에게 이만큼 좋은 일은 없을 듯하다. 혼자가 아니라 함께 문제를 해결해 나갈 수 있는 사용자들이 있으니 말이다. 하지만 지금 운영되고 있는 〈다음〉의 청원란을 곰곰이 바라보고 있자면 약간의 의문점이 생긴다.

'아고라 청원란'은 여섯 개의 코너(이슈청원, 깜짝청원, 모금청원, 캠페인, 추모서명, 응원서명)로 구성되어 있다. 하루에 많게는 3~4개의 청원이 메인 화면에 뜬다. 일명 오늘의 베스트 청원이다. 그런데 내용을 보며 이런 내용까지 베스트 청원이라며 메인 화면에 띄워야 하는가, 하는 의구심이 들 때가 있다. 더불어 비슷한 청원이 반복적으로 뜨는 부분도 볼 수 있었다.

어떤 청원은 아직 법적으로 결론이 나지 않았는데 마치 범죄자를 단죄해야 한다는 듯 여론 몰이를 하는 내용까지 버젓이 올라온다. 또 다른 청원은 방송프로그램 광고를 대행하나 하는 오해까지 받을 수준도 눈에 띄었다.

2008년 1월 1일부터 2월 25일까지 베스트 청원에 올라온 내용은 88개였다. 그 중에는 공익성을 담보한 청원도 있었고 개인적인 청원도 있었다. 그 중 몇 개를 다시 새겨보며 관리자가 어떤 의도로 청원 베스트를 올리는지 궁금해졌다. 특히 지난 두 달 간 올라온 청원 내용에 특정 방송 프로그램(무한도전)이 여덟 번이나 있었다. 그 중 하나는 프로그램을 보지 말자는 반대 의견(숭례문 화재에 성금 1억을 내놓겠다)도 있었지만 무한도전이라는 프로가 그렇게 자주 청원란에 등장할 정도로 중요한 사회적 문제였는지 의문이 들었다.

더 흥미를 끄는 부분은 1월 21일에서 22일까지 네 개의 청원이 베스트에 올라오는 진풍경을 연출했다. 그 내용이 별반 차이가 없어, 많은 사람들의 청원서명을 통해 베스트에 올라왔는지 아니면 관리자가 내용의 중요성을 판단해서 베스트에 반복적으로 올렸는지 까닭을 잘 모르겠다. 만약 전자에 의해 베스트에 떴다면 관리자의 입장에서 조절을 했어야 올바른 태도였다. 후자라면 관리자의 태도를 질타하지 않을 수 없는 상황이다.

다른 하나의 문제점을 지적한다면 1월 23일 날 베스트에 올라온 '1월 22일 긴급출동 SOS 왕따 아이의 복수' 내용이다. 이 내용도 같은 날 2개가 더 베스트에 떴다. 방송만 본 시청자들은 분명 충격을 받았을 것이다. 그런데 비슷한 내용을 3개나 띄워야 했는지 의아하다. 그것도 같은 날에 말이다. 방송을 통해 드러난 사건을 보았을 때 관련이 있는 교사와 그 관리 책임이 있는 교장까지 지탄을 받아야 한다는 것에 이의를 제기할 사람은 거의 없을 것이다. 문제는 이런 내용이 청원에 올라와 관련 교사에 대해 법적 책임을 가리기도 전에 이미 여론에 의해 사형선고를 받았다는 사실이다.

그 뿐만 아니라 비난을 받은 당사자의 사진까지 그대로 노출이 되었다. 사용자가 사진을 올렸다고 해도 모자이크 처리를 하는 것이 도리가 아니었을까. 아무리 인터넷에 사진이 떠돈다고 해도 말이다. 필자는 교사를 두둔하자고 이 글을 쓰는 것은 결코 아니다.(사건이 일어난 학교와 동문 측은 SBS의 방송에 대해 언론중재를 신청했다.)

적어도 어떤 사건이 일어나고 그 사건에 대해 사용자들의 반응이 이성보다는 감정적인 부분이 앞서 올라올 때 좀 더 신중하게 청원 베스트 노출을 해야 하지 않을까를 관리자에게 당부하는 것이다. 1월 24일 올라온 '영어교사 자격 완화 반대합니다'라는 청원이 올라오고 1월 30일에 '부적합 교사 양성하는 영어전용 교사 채용 반대'라는 비슷한 내용의 청원이 다시 올라왔다. 그 뿐만 아니라 숭례문 관련 청원 역시 일곱 개가 계속 이어졌다.

약간의 내용 차이는 있었지만 아무리 국민들 관심을 끌었던 사건이라고 해도 베스트에 올릴 때에는 한 번 정도 다시 생각해 보아야 했다. 그래야 청원의 의미도 더 살릴 수 있고 문제의식 역시 더 강하게 사회에 전달되지 않을까.

새삼 청원의 의미를 다시 새겨본다. 우리는 가면 갈수록 다원화되고 복잡해지는 것을 피할 수 없는 사회와 시대에 살고 있다. 우리 주변에서 일어나는 사건부터 지극히 사적인 이야기까지 상대방과 그 생각을 나누고 함께해 사회를 긍정적으로 바꿀 수 있는 부분이 있다면 바꾸도록 해야 할 것이다. 〈다음〉도 지금보다 더 나은 세상을 만들기 위해 존재해야 한다는 것을 분명 알고 있을 것이다. 그 기능을 아고라 청원에서 여러 번 보여준 것도 사실이고 인정을 한다. 그러기 때문에 '아고라 청원란'이 보다 좋은 공간으로 오랜 시간 사용자들의 사랑을 받았으면 좋겠다. 더불어 세상을 바꾸는 역할을 담당하는 일원으로 길이 남을 수 있기를 기대해 본다.

한국작가회의에 올 것이 왔다

오늘 한국작가회의로부터 메일 한 통을 받았습니다. 도종환 사무
총장의 긴 편지였습니다. 겨울비를 맞은 것처럼 깊게 마음속을 후
벼 파는 느낌이 들었습니다. 편지에 그늘이 담겨 있어 읽는 저로서
는 마음이 편할 수가 없었습니다. 시절이 하수상하다 보니 별 일을
다 겪고 있는 것도 사실입니다.

　　이런 현실 때문인지 도종환 사무총장의 고민이 커 보였습니
다. 다른 한편으로는 한국문화예술위원회에서 보낸 공문(시위불참
확인서) 내용(요약하면 한국작가회의가 각종 집회에 참여하지 말
라는 내용)이 한국작가회의를 욕보이고 있다는 생각에 이르자 화
가 나는 것보다 치욕스러움이 먼저 찾아 들었습니다. 2천 명의 회
원을 가진 한국작가회의에 소속되어 있는 제가 참으로 무능하고
부끄러운 존재라는 생각을 했습니다. 이런 생각에 이르자 스스로

우리들을 돌아보아야 한다는 마음이 들었습니다.

저의 단순한 생각은 딸아이가 배우고 있는 초등학교 2학년 수학 문제로 옮겨갔습니다. 2천 명의 회원 한 명 당 한 달 회비가 1만원인데 다 내면 얼마나 될까. 이 회비가 있다면 이런 굴욕을 당했을까. 겨울비 때문인지 말도 안 되는 별별 생각이 몰려왔습니다. 2009년 한국작가회의 총회 때 도종환 사무총장이 회원들 회비 이체에 대해 말했지만 현재 얼마나 납부하고 있는지 정확하게 모르겠습니다. 회보에 나오는 명단을 보면 300명이 안 되는데 전체 회원은 6백 명 정도 된다는 이야기를 들었습니다. 여러 사정으로 회비를 내지 못하는 회원님들이 있다는 것은 십분 이해가 갑니다. 작가라는 것이 돈과 거리가 멀어서 생활이 다들 빈곤하고 힘들어서 그럴 수 있다는 생각을 합니다.

문제는 2천 명의 회원 중 70프로가 회비를 내지 않고 있다는 현실입니다. 예전이나 지금이나 작가들의 사정이 크게 달라지지 않아 정말 한 달에 1만원 내는 것이 힘이 들 수 있을 겁니다. 70프로의 회원들이 이런 현실에 처해 있다는 것도 참으로 안타까운 일입니다.

오늘자 한겨레신문에 한국작가회의에서 문예진흥기금으로

받는 금액이 3천 4백만 원이라는 것을 알았습니다. 대한민국에서 가장 큰 문인단체가 이 정도의 진흥기금으로 문학 사업을 펼치고 있는 것입니다. 이게 대한민국 문학의 현실입니다. 그런데 부족한 이 재정으로『내일을 여는 작가』발간, 세계작가와의 대화, 4·19 세미나 등을 할 수 없는 처지에 몰려있습니다. 이런 상황에 미리 대처하지 못한 한국작가회의 현실이 답답합니다. 사실 이 정부에서 하는 일을 볼 때 충분히 예감할 수 있는 일이었습니다. 이미 여러 시민단체의 지원금이 줄어들었고 어떤 단체는 기금에서 배제되기도 했습니다.

편지에서 도종환 사무총장은 대안을 이야기 해 달라고 했습니다. 대안이 어디에 있을까요. 어떤 대안을 말해야 할까요. 고개를 숙이고 3천 4백만 원을 받아야 할까요. 아니면 사업을 접어야 할까요. 답은 이미 나와 있다고 생각합니다. 이 문제는 이명박 정부의 문예진흥기금의 정책적 문제가 아닌 것 같습니다. 앞뒤를 돌아보아도 회원들이 풀지 않으면 답이 없습니다.

『내일을 여는 작가』발행이나 세계작가와의 대화, 4·19 세미나 모두 회원들의 몫입니다. 돈이 없어 회원들이 하지 못하겠다고 하면 하지 말아야 합니다. 한국문화예술위원회가 작가회의에 보낸 시위불참 확인서는 작가에게 소외에 대해, 가난에 대해, 음지에 대해, 약자에 대해, 민주주의에 대해 눈을 감고 살아가라는 뜻과 뭐가 다를까요. 이런 내용을 품고 있는 '시위불참 확인서' 요구에 대해 우리 회원들 스스로 풀려고 노력하지 않는다면 그 자체로 이미 한국작가회의는 이명박 정부에 굴욕을 당했다고 보면 맞을 겁니다. 회원들이 나서야 합니다. 단 몇 사람의 회원들이 나서서는 안 됩니다. 지금이야말로 회원들의 단합된 모습을 보여야 합니다. 그것이 이 문제를 풀고 한국작가회의를 밀고 가는 원동력이 될 것입니다. 더불어 지난 40년 가까이 한국작가회의 깃발을 내리지 않고 있는 명분이 될 것이라고 생각합니다.

대한민국

국민들은 지금 공황장애를 겪고 있다. 마치 대한민국이 거대한 정신병동이 아닌가 하는 착각이 들 정도이다. 엠티(MT)를 간 대학생들이 건물이 붕괴되어 죽고 그 충격에서 채 벗어나지 못했는데 이번에는 여객선이 침몰해 300여 명(2014년 4월 20일 현재)의 생명이 죽거나 실종됐다.

십여 년 전에는 유치원 어린이들의 현장 체험학습 숙소에 화재가 나 주검이 되어 부모님 품으로 돌아왔었다. 자연재해로 생명이 꺼져가는 것도 비통한 일인데 인재로 인해 이런 사고를 당했다고 하면 가족들은 말할 것도 없고 직접적인 인연이 없는 사람들도 트라우마에 시달릴 수밖에 없다. 지금 세월호 수색작업이 진행되고 있지만 244여명의 실종자 생사가 확인되지 않고 있다. 가족들의 마음은 오직 하나 실종자들이 하루 빨리 살아서 가족의 품으로 돌아오길 간절히 바라고 있을 것이다.

　뉴스를 접하고 있는 국민들도 모두 무사귀환하길 바라는 마음뿐이다. 아직 구체적인 사고 원인은 밝혀지지 않았지만 지금까지 드러난 정황을 보면 인재일 가능성이 높아 보인다. 어쩌다 우리 대한민국은 이와 같은 인재를 반복하고 있을까. 정부에서는 책임질 사람 한 명 없고 애통하던 국민들은 시간 지나면 잊고 마는 일 또한 반복되고 있다.

　경주 리조트 사고, 씨랜드 사고, 서해 훼리호 사고가 모두 인재였는데 20년 전이나 지금이나 토씨 하나 다르지 않고 같은 사고가 계속되고 있다. 이런 사고 수습의 끝은 몇 사람은 처벌 받고, 몇몇 정치인들은 슬픈 표정을 짓는 모습에서 마무리되는 것이 우리의 현실이다. 앞에서 밝힌 사고엔 아직 꽃도 피우지 못한 생명이 다수 포함되어 있다. 생명의 무게를 나이에 따라 저울질 할 수는 없지만 꿈을 펼치기 위해 대학에 입학한 학생들이나 유치원생들을 보면 더 안타까울 수밖에 없는 것이 사람의 마음이다. 이번 세월호 사고도 희생자나 실종자 명단에 학생들이 대부분이니 안타까움이 더 클 수밖에 없다.

　세월호 침몰을 지켜본 국민들이 가장 마음 아팠던 것은 위험에 처했을 때 지켜야 했던 매뉴얼의 상실이다. 승객들은 배가 기울어 가는 순간에도 공포감을 이겨내며 그 자리를 지키면서 이 상황에서 빠져나갈 수 있을 것이라 믿었을 텐데 그 믿음이 무참히 짓밟히고 말았으니 말이다. 실종자 명단에 가장 많이 올라와 있는 학생들은 너무나 착하게 매뉴얼을 시행하지도 못하는 어른들의 말을 그대로 따랐다. 매뉴얼을 작동할 능력이 없는 사람들이라는 것을 미리 알았다면 이런 대형 참사까지 가지 않았을 것이다. 세월호 관계자들이 위험에 빠졌을 때를 가상하여 승객의 안전을 위해 어떤 훈련을 했는지 궁금하지 않다. 그걸 관리 감독하는 단체에 대해서도 더 이상 그 어떤 궁금증도 생기지 않는다.

사고가 터졌는데 수습(신속성, 전문성, 소통)도 제대로 못하고 우왕좌왕하는 정부를 향해 그 어떤 것을 기대한다는 것 자체가 난센스이다. 박근혜 대통령이 실종자 가족들을 위로하러 간 진도 체육관에서 한 학부모가 대통령께 무릎을 꿇고 "제발 우리 아이를 살려 달라"고 하는 모습을 보며 대한민국의 난제가 무엇인지 확인할 수 있었다.

세월호 사고에서 신속한 대응이나 전문적인 접근은 기대할 수 없었다. 그보다 더 안타까운 일은 소통의 부재가 무엇인지 그대로 보여 주었다는 것이다. 지푸라기라도 잡고 싶은 실종자 가족들에게 소통의 공간은 어디에도 없었다. 갈팡질팡하고 우왕좌왕하는 정부의 모습뿐이었다. 정부가 국민을 보호하고 지켜주는 것은 의무인데 그런 정부는 어디에서도 찾을 수 없었다. 오죽하면 실종자 가족들이 청와대로 가겠다고 거리로 나섰겠는가.

대통령이 진도체육관을 방문해 실종자 가족들을 만났을 때 단상과 체육관 바닥의 거리만큼 소통의 거리도 멀어 보였다. 실종자 가족이 대통령께 무릎을 꿇기 전 대통령이 먼저 내려가 무릎이라도 꿇어야 했다고 말하면 지나친 생각일까. 인재 사고의 전형을 보여준 이번 사고에 실종자 가족이 대통령 앞에 무릎을 꿇고 애원하고 있는 사진이 지금도 눈에 밟힌다.

이것이 우리가 살고 있는 대한민국 현실이라는 생각을 하니까 이 땅이 암흑천지로 보인다.

'평화 릴레이'로 강정을 지켜내자

겨울 댓바람에 작가들이 1번 국도를 따라 평화 릴레이를 펼치고 있다. 그것도 한겨울 한파를 온몸으로 느끼면서 말이다. 임진각 역에서 목포를 거쳐 제주 강정마을까지 527㎞를 걸으며 그 길에서 독자도 만나고 작가정신도 새기며 평화와 생명을 이야기한다. 지난해 12월 26일 임진각역에서 작가들이 벌써부터 걷기 시작했다.

새해 첫날 천안의 성환역에서 대전, 충남, 충북, 강원작가회의 회원들이 '글발글발'이라는 가방을 메고 대전·충남의 길 130㎞를 걷고 있다. 지역에 사는 작가들은 '제주는 평화의 섬으로 반드시 지켜져야 한다'는 의미를 담은 시 또는 산문을 써서 글발글발 가방에 넣어 제주에 전달할 예정이다. 충남을 지나 전북, 전남 작가들의 걸음걸음으로 이어져 제주 강정마을에 갈 것이다.

제주는 자연경관이 가장 아름다운 섬 중 하나이다. 그곳에 정부가 해군기지 건설을 강행하면서 찬반논쟁이 작년 한 해를 뜨겁게 달구었다. 찬성 쪽 주장과 반대 쪽 주장이 극명하게 갈리면서 지역 갈등도 유발되었다. 찬성론자의 논리는 힘이 있어야 평화를 지킬 수 있고 관광사업에 도움이 된다는 것이다. 일면 그럴듯해 보이지만 한 꺼풀만 뜯고 들어가 보면 찬성할 수가 없다.

제주에 해군기지를 지어 우리의 평화를 지킬 수 있을까 생각해 보자. 중국을 자극하고 군비 증강만 부를 뿐이다. 전쟁 시 미국까지 참전하면 제주도는 어떻게 될까 말하지 않아도 불 보듯 뻔한 일이다. 수백 년 그곳에 일가를 이루고 살아 왔던 사람들을 내몰고 관광사업을 하겠다고 한다. 설령 관광사업이 잘 된다고 해도 그 이익은 누구에게 돌아가겠는가. 원주민들을 내몰고 외지 사람들의 이익을 위해 희생을 강요하는 것은 누가 보아도 바람직한 일이 아니다.

그뿐만이 아니다. 제주는 4·3 사건으로 우리 현대사에서 가장 큰 아픔을 겪은 곳 중 하나다. 60년이 지났는데 아직 그 아픔은 진행형이다. 이곳에 평화의 섬을 선포한 지가 얼마나 되었다고 다시 그것을 뒤엎고 해군기지를 건설하겠다는 것인가 되묻지 않을 수 없다. 제주는 평화의 섬으로 남아야 하고 생명의 섬으로 이어질 수 있도록 우리 모두가 노력해야 한다.

우리 작가들의 한결같은 생각은 제주 강정마을에 해군기지를 건설하는 데 반대한다는 것이다. 작가정신의 뿌리 중의 뿌리는 평화와 생명이다. 그 뿌리가 파헤쳐지는 것을 그냥 지켜만 볼 수가 없다. 뿌리를 지키고 그 뿌리가 우리 미래 세대에 어떤 역할을 할지 알리기 위해 새해 첫날부터 걷고 있다. 평화와 생명을 뼛속 깊이 새기면서 말이다.

우리 동료들과 벗들은
시대정신을 대변했다

암울했던 유신독재 시절에도 우리의 선배 문인들은 시대를 읽으려고 노력했고 작가정신을 바탕으로 시대와 함께했다. 그것은 작가의 책무이고 의무이자 사명감이었다. 시대가 작가를 부르는데 그 부름에 응답하지 않는다는 것은 작가로서 견딜 수 없는 아픔이었다. 우리의 동료, 벗들 137명은 그 시대정신에 부합하려 노력했다.

2012년 또 다시 우리는 시대정신을 요구받았고 그에 응답했다는 이유로 동료이자 벗이 서울선관위에 의해 검찰 수사를 받게 되었다. 젊은 시인·소설가들이 나설 수밖에 없는 시대 상황, 더 이상 지켜볼 수는 없다는 절박함이 성명서로 이어졌다. 기륭전자, 용산 참사, 쌍용차 사태, 제주해군기지 등 수없이 많은 이 땅의 힘없는 노동자들이 눈물을 흘렸고 하루가 멀다며 죽어가고 있다. 결국 서민들의 눈물을 언제까지 보고만 있을 수 없기에 나선 것이다. 누가 이런 상황을 만들었는가. 누가 작가들에게 글을 쓸 시간을 빼앗고 글로 밤을 새워야 할 시간에 성명서를 쓰게 만들었는가.

우리의 젊은 동료와 벗이 고발당하고 작가의 사상을 검증하겠다는 시대에 지금 우리가 서 있다. 이들은 앞으로 우리 문학을 이끌어갈 주역들이다. 그들이 느끼는 세상, 사람들, 소외, 가난, 공권력, 소통은 지난 5년 간 절망 그 자체였다.

지금 대한민국은 어디로 가고 있는가. 역사를 거스르고 시대를 거슬러 저 유신시대로 회귀하고 있지는 않은가. 137명의 젊은 시인·소설가들이 던진 화두는 단순한 정권교체가 아닌 희망을 잃고 사는 사람들의 삶과 좌절을 그동안 목격했기 때문이다. 피폐해져만 가는 삶들을 보고 모른 체하는 것은 작가정신이 아니다. 시대정신이 아니다.

이 땅의 젊은 시인·작가들은 그것을 온몸으로 느끼며 고통스러워했다. 137명의 시인·소설가들뿐만 아니라 이 시대의 20, 30세대들 역시 숨을 쉬기 어려울 정도로 힘든 현실과 미래 앞에 서 있다. 이런 시대에 어떤 글을 써야 하고 어떤 말을 해야 하는지 젊은 시인·소설가들은 말하고 싶다.

젊은이들의 입과 귀를 막는 것은 그 어떤 곳이 되었든 미래의 희망을 찾기 어려울 것이다. 통합이라는 말도 쓸 수 없을 것이다. 희망 없는 미래, 희망 없는 우리의 이웃들, 그들을 누가 돌아보았는가. 이런 현실을 바꾸어 보자고 말하는 것은 작가의 의무요 책임이다.

서울 선관위가 고발한 작가들은 미래 대한민국의 문학을 꽃피울 작가들이다. 작가에게 표현의 자유, 사상의 자유, 생각의 자유에 대해 스스로 검열을 하게 만든다면 대한민국의 문학도, 표현의 자유도 함께 사장되고 말 것이다. 문학이 시대정신을 반영하지 못한다면 이 세상에는 미래가 없음이 자명한 현실이기 때문이다.

대전문화재단

일상생활에서 문화라는 단어는 더 이상 낯설지 않다. 방귀깨나 뀌는 사람들이라면 어디서든지 문화를 놓고 단골 메뉴처럼 이야기를 한다. 문화에 대해 한마디씩 하지 않으면 무식한 사람 취급 받기에 부족함이 없을 정도이다. 말은 무성한데 시민들은 일상에서 문화를 얼마나 공유하고 있고, 문화를 생산하는 사람들의 마음에, 대전이 문화도시라는 말이 얼마나 깊이 있게 와 닿는지 모르겠다.

대전문화재단이 출범한 지 5년차로 접어들고 있다. 그동안 여러 사업들을 집행했고 문화를 직접 생산하는 사람들을 도와 이런저런 일을 해왔다. 처음 대전문화재단이 설립된다는 소식을 접했을 때 가장 걱정했던 것이 기금을 얼마나 조성할 수 있을까였다. 아무리 좋은 문화마인드를 가지고 있다고 해도 지원해 줄 기금이 없다면 의미가 없기 때문이다.

100억이라는 기금으로 출범을 했지만 서울이나 경기나 인천에 비한다면 턱없이 부족한 수준이었다. 하지만 아직 출범도 하지 못한 지역이 있다는 생각에 그나마 이렇게라도 닻을 올리고 출범하는 것을 보며 우려보다는 기대감이 컸다. 문화재단의 문턱이 닳고 닳도록 넘나들지는 못 했지만 나 역시 1년에 몇 번 정도는 문화재단을 방문했고 문예진흥기금에 대해 이야기도 듣고 모르는 부분이 있으면 직원들의 도움을 받아 깨우치기도 했다.

재단이 설립되니까 문화를 생산하는 사람으로서 직원들의 친절함이나 행정적인 부분은 예전에 비해 훨씬 편해졌다는 생각을 한다. 재단이 모든 문화생산자들을 만족시킨다는 것은 불가능한 일이지만 문제점이나 불편한 점이 있으면 서로 소통을 통해 얼마든지 고치고 수정할 수 있을 것이다. 그뿐만 아니라 문화가 대전 시민들의 생활에 가까이 다가갈 수 있을 것이다. 이를 위한 기획이 있다면 문화 생산자나 문화재단이 함께 머리를 맞대고 풀어갈 수 있는 길이 지금보다 더 많이 열렸으면 한다.

반대로 기금 운영 면에서 몇몇 단체들과 균형을 맞추려는 행정이나 전시 행정을 노리는 기획들이 봇물을 이룬다면 세금으로 지원하고 있는 기금의 의미는 퇴색될 수밖에 없다. 시간은 걸리지만 꼭 해야 할 사업들은 지원의 끈을 놓지 않고 밀고 가는 뚝심도 있어야 한다는 뜻이다. 작년(2013년) 원도심 활성화 사업의 일환으로 원도심을 중심으로 꼭 지키고 기록해야 할 문화적 공간을 찾아내 발굴한 책이 출간되었다. '스토리밥'이라는 문화를 생산하는 분들이 모여 협동조합을 만들어 한 사업이다. 스토리밥에서 6개월 동안 발로 뛰어 출간하게 된 책(원도심 길에서 흔적을 찾다)에는 시민들에게 잘 알려지지 않은 문화적 공간이나 세월의 무게에 못 이겨 잊혀진 공간들도 볼 수 있었고 젊은이들의 시선을 붙잡을 만한 문화적 공간에 대한 글이 사진과 어우러져 신선했다.

다른 책 하나를 더 이야기 한다면 원도심 활성화 사업으로 시작한 '대전문학의 시원'이라는 자료집이다. 대전의 원도심에서 살았던 문인들의 발자취를 찾아 자료화하고, 그들이 머문 공간을 브로슈어로 제작하고 건물에 표지판까지 설치해서 대전 시민들이 쉽게 찾아 올 수 있게 만들어 놓은 기획이다. 우리 지역의 문인들이 생활하며 글을 쓰고 어린 시절이나 청년시절을 보내며 문학적 토양을 삼았던 장소를 발굴해 놓았다.

이런 일은 문학을 하는 사람들이 가진 봉사하는 마음이 아니면 결코 쉽게 할 수 없는 작업이다. 사업비가 턱없이 부족한 가운 데서도 이런 작업을 해두면 원도심의 역사를 재발견하는 힘도 될 것이라 생각했다.

앞에서 밝힌 두 사업이 뚜렷한 이유 없이 올해 사업 신청도 하지 못했다. 풍문인지 아니면 겉치레 인사말인지 모르겠지만 두 사업이 아주 잘 된 사업이었다는 책임 있는 자리에 있는 분들의 칭찬을 들었다. 이런 사업이 연속성을 잃은 것은 대전시민들이나 문화를 생산하는 나와 같은 사람들에게 아쉬움을 넘어 대전문화재단의 문화적 마인드가 어디에 있는지 다시 생각하게 된다.

문화의 범주에 드는 장르가 많다. 이런 모든 것에 지원을 아끼지 않으면 좋겠지만 그러기에는 기금이 부족하다는 것도 알고 있다. 이번 대전문화재단의 사업설명회를 보며 좋은 사업을 발굴하고 기획하는 것도 대전문화재단의 중요한 역할이지만 문화 생산자들이 발굴한 문화적 가치를 객관적인 평가 없이 일회성 사업으로 끝내면, 원도심은 절름발이 문화의 거리가 되지 않을까 하는 우려를 떨칠 수가 없다.

논술의 기본은 글쓰기와 독서다

수능이 끝난 지 2주로 접어든다. 수능은 대입을 위한 시험 외에도 고등학교 3년 교육과정을 정리한 시간이기도 하다. 이런 큰 시험이 끝났는데 수험생들은 논술이라는 산을 향해 다시 발걸음을 재촉해야 하는 현실에 살고 있다. 수시를 지원한 수험생들은 이미 논술 시험을 치른 경우도 있을 것이다. 해마다 논술 시험을 보는 대학들이 증가하는 추세다 보니 논술에 비중을 두는 대학이 늘어남에 따라 가장 부담을 느끼는 대상이 수험생과 학부모님들이다.

초등학교부터 고등학교를 마치는 과정까지 대부분의 수험생들은 논술에서 한 발짝 떨어져서 생활해 왔기에 그 심적 부담감이 클 것이다. 어찌 보면 논술은 하늘에서 떨어진 과목이 아닌데도 그런 분위기를 느끼는 수험생이 적지 않다는 사실이 문제이다. 이런 부담감은 현재의 시점에서 6년 전으로 거슬러올라가 보면 그 원인을 찾을 수 있다.

초등학교 국어 과목에 읽기, 쓰기, 말하기, 듣기라는 과정이 있다. 현재 각 대학들이 보는 시험은 쓰기(논술), 말하기(구술논술)로 나눌 수 있다. 논술의 기초가 되는 것이 글쓰기와 독서라는 사실을 알면서도 그 동안 수험생들은 다른 과목에 치여 살아왔다. 독서 습관을 들였다면 주제를 찾거나 논거를 쓸 때 도움이 많이 되었을 것이다. 일기를 꾸준히 써왔다면 글쓰기에 대한 두려움도 그만큼 줄어들지 않았을까. 초등학교 시절 독서와 글쓰기를 잘 다져 놓았다면 오늘 우리 수험생들의 논술에 대한 고민이 이렇게 깊지 않을 것이다.

정시를 준비하는 수험생들은 약 한 달 정도 남은 기간 동안 '무엇을 준비해야 할까'를 놓고 고민에 빠져있다. 이제 와서 초등학교 시절로 돌아갈 수는 없다. 발등에 불이 떨어졌으니 어떻게 하든 끄고 보아야 하지 않겠는가. 각 대학에서 내놓은 논술 시험 답안에 대한 평을 보면 수험생들의 답안에서 문제점이 무엇이고 무엇이 수험생들을 고민하게 만들었는지 알 수 있다. '독해 문제'와 '논거에 대한 논리성 문제' 그리고 '출제자 의도에 따라 충실히 답안'에 관한 이야기였다.

일단 수험생들은 자신이 지원한 대학(과)에서 나온 최근 5년 간 실전 문제의 유형(모의 논술 포함)을 익혀야 할 것이다. 어떤 유형이 나왔고 어떤 지문이 출제되었는지 천천히 읽어 나가면서 어떤 답을 요구하는지 숙지하는 연습이 필요하다. 지문 독해와 문제 유형이 파악되면 직접 답안을 작성하는 연습이 필요하다. 정해진 시간에 쓰려고 노력해야 하지만 처음부터 무리하게 써야겠다는 생각보다 한두 번 논제에 맞게 써내려가면서 시간을 확인하는 자세가 중요하다. 물론 논술에 익숙한 수험생이라면 주어진 시간 내에 기술하는 습관을 길러야 한다.

여기서 조심해야 할 것은 원고지 분량을 채우는 것과 퇴고의 문제이다. 수험생들이 지문을 읽으면서 문제의 의도를 파악하지 못한 채 답을 쓰는 경우가 지원자 중 50퍼센트가 넘는다는 대학의 충고가 나왔다. 왜 이런 말이 거론되었는지 수험생들은 새겨야 할 것이다.

또 자신이 선택한 대학과 비슷한 대학에서 출제된 기출 문제를 찾아 유형을 익히는 연습도 필요하다. 각 대학의 기출문제나 모의 문제를 살펴볼 때 출제 의도와 출제 경향을 반드시 짚고 넘어가야 한다. 어려운 부분이 생기면 무료로 열람할 수 있는 인터넷

카페에서 확인하는 노력도 필요하다. 하나 더 추가한다면 비문학 지문을 읽는 데도 시간을 투자해야 한다.

한 달이라는 시간 동안 우리 수험생들이 할 수 있는 것은 한정되어 있다. 하지만 우리 곁에 짧은 시간만 남아 있는 것은 아니다. 논제를 찾는 연습과 원고지 분량에 맞게 쓰는 연습을 충실히 한다면 논술이 수험생들에게 강 건너에 있는 현실만은 결코 아닐 것이다.

육지것의 고백

'육지것'이라는 말, 처음 들었을 때 참 낯설고 불편한 단어라고 생각했습니다. 지금도 이 단어가 친숙하지는 않습니다. 이 말을 처음 들었던 날 저는 이 불편한 말을 어떻게 풀어야 할지 몰라 잠시 생각이 정지되었습니다. 사람한테 '것'이라는 의존명사를 쓰는 것도 낯설었지만 대체 나를 무엇으로 생각하기에 이런 막말을 하는가, 라는 생각도 솔직히 들었습니다. 그러나 그 형은 술자리 내내 제주도에서 온 사람들을 제외하고는 육지것이라 명명했습니다. 어쩌다 육지 사람들은 제주도 사람들에게 '육지것'이 되었을까요.

시계 바늘은 제주 4·3항쟁을 가리키고 있습니다. 그 시간을 담은 현기영 소설가의 「순이 삼촌」은 4·3의 흔적을 그려내고 있습니다. 소설이 참혹한 현장을 모두 담아낼 수 없다는 것을 알고 있었지만 소설을 읽어 내려가는 내내 가슴을 짓누르는 아픔을 경험

했습니다. 그날 제주에서 어떤 일이 벌어졌는지 제주 토박이들은 꿈에서도 잊을 수 없을 겁니다. 아버지가, 엄마가, 삼촌이, 조카가 이유도 모른 채 죽어가야 했습니다. 육지것들에 의해서 말입니다.

내 가족이 누군가에 의해 주검이 되었다면 그 심정은 굳이 물어보지 않아도 짐작하고 느낄 수 있을 겁니다. 내 삼촌이, 작은아버지가 제주도에 가서 그런 짓을 하지 않았다 해도 그날 이후 육지것들은 모두 죄인이었습니다. 제주도 사람들에게 말입니다. 제주도 사람들은 육지것들로부터 자신을 지키기 위해, 자신의 가족을 지키기 위해 '섬것'들이 되기로 결심했다는 것을 알았습니다.

육지것인 저는 작년 1월 제주 강정마을 해군기지 건설 반대 깃발을 들고 사흘 밤 나흘 낮 동안 걸었습니다. 육지것에 대한 반성으로 생명의 섬, 평화의 섬 제주를 지키기 위해……. 겨울 찬바람은 오랜 걷기에 익숙지 않은 발바닥을 불편하게 만들었습니다. 그렇게 깃발은 목포를 거쳐 제주 강정마을에 도착했습니다. 우리의 정성이 제주에 닿았다고 생각했는데 그것은 저의 순진한 생각이었습니다.

제주도 주민과 주민 사이의 소통을 막는 또 다른 육지것들이 제주 강정마을을 지키는 사람들에게 더 강한 정성을 요구하고 나섰기 때문입니다. 8월, 저는 또다시 제주 도청을 향해 아스팔트 열기를 느끼며 걸었습니다. 밤에는 야영을 하면서 말입니다. 이런다고 육지것이 '뭍사람'이 되는 것은 아니지만 말입니다. 그렇게 여름휴가와 겨울휴가를 보냈는데 이 정도의 노력은 정성의 '정' 자에도 들지 않는지 비통한 소식들이 연이어 들려옵니다.

오늘도 다음 카페 '구럼비야 사랑해'에 들어가 강정 마을 소식을 듣고 안타깝기만 합니다. 그것이 육지것인 제가 할 수 있는 일의 다입니다. 강정마을에서 활동하시는 분들의 모습을 보며 나는 아직 '뭍사람'이 될 수 없구나, 하며 스스로를 책망합니다. 잠들 무렵 눈을 들어 세상을 둘러볼 때에야 내가 낮 동안 잊어버린 일들이 떠오릅니다. 비겁하고, 용기 없는 일상을 돌아봅니다.

섬을 지키기 위해 어쩔 수 없이 선택한 '섬것'이라는 이름과 섬을 무덤으로 만들다 '육지것'이 된 육지 사람들을 두고 누군가를 탓해야 한다면 바로 육지것입니다. 저는 육지것이라는 말을 들어도 싸지만 제주도민들에게 섬것이라는 말은 견딜 수 없는 아픔일 겁니다. 아직도 유족들에게는 4·3은 끝난 것이 아닌 진행형인데 정부는 제주 강정마을에 해군기지를 건설하겠다고 합니다. 잘못된 역사를 바로 잡지 못한 채 반복하려고 하는 정부의 모습은 답답함을 넘어 비통함에 빠져들게 합니다.

　오늘 60년 전 상처를 풀지 못하고 떠난 '순이 삼촌'을 불러봅니다. 메아리는 환청처럼 귓전을 때립니다. 제주가 4·3의 상처를 씻어내고 생명의 섬, 평화의 섬으로 거듭날 수 있도록 제주 해군기지 건설 반대에 한걸음 더해, 육지것이라는 말 보다 뭍사람이라는 말을 들어보고 싶은 하루입니다.

작가

몇 주 전 『월간 토마토』에서 기획한 '예술가 런치 인터뷰'라는 코너에 참여한 적이 있다. 기자 한 분이 내 사무실을 방문해서 이것저것 질문을 하고 나는 답변하는 형식으로 대화를 했다. 답변은 사무실에서 끝나지 않고 식사를 하는 과정 내내 이어졌다. 예술가에게 직업이라는 것이 무엇이며, 작가가 직업이냐는 질문을 받았다. 그 질문을 받고 대답하기 전에 잠깐 망설임이 있었다. 예술이라는 것이 장르가 다양해서 직업군에 속한 것인지는 솔직히 애매한 부분이 있다. 다른 장르를 떠나서 내가 속해 있는, 글을 쓰는 사람들에겐 고민스러운 질문이다.

직업의 정의를 사전에서 찾아보면 "개인이 사회에서 생활을 영위하고 수입을 얻을 목적으로 한 가지 일에 종사하는 지속적인 사회활동"(『어학사전』 인용)이라는 짤막한 설명부터 긴 설명들이 나와 있다. 그날 나는 이런 대답을 한 것 같다. 글만 써서 먹고 산다는 것은 대다수의 작가들에게는 불가능한 현실이고, 글도 쓰고 강연도 하고 먹고 사는 직업을 따로 가지고 있는 작가들이 많다, 라고. 더불어 생뚱맞게 덤으로 붙은 말이 있다. 직업은 그 일을 그만 두면 전직이라는 말을 쓰는데 글을 쓰는 작가들은 설령 글을 쓰지 않는다고 해도 전직이라는 말을 쓰지 않아서 직업이 아닐 수도 있겠다는 말이었다.

첫 번째 말은 글을 쓰는 작가라면 누구나 알고 있는 사실이고 현실이다. 몇몇 유명 작가들을 제외한 보통의 작가들에게는 글만 써서 원고료만으로 먹고 사는 것이 문학판에서의 오랜 꿈이다. 나 역시 이런 꿈을 아직도 버리지 못하고 있다. 언젠가 유명 작가가 되면 전업 작가로 살고 싶은 것이 솔직한 심정이다. 지금 내 모습을 보아서는 이루어지지 않을 소망 같다.

여러 이유가 있겠지만 가장 먼저 나의 능력의 한계이고 다음으로 하나 더 변명 같은 이유를 대 본다면 인문학의 위기니 죽음이니 하는 시대에 누가 시집을 사서 읽고 손에 들고 다니겠냐, 하는 것이다. 이런 말을 하려니까 아무래도 궁색한 변명 같아 부끄러워진다. 기술자가 실력을 닦을 생각은 하지 않고 연장 탓만 하고 있는 것 같아서.

기자 분과 이어진 대화는 결국 작가가 직업이 아니라는 것에 초점이 맞추어졌는데 앞에서 말한 것처럼 전직이라는 말 때문이었다. 작가는 글을 쓰지 않더라도 전직 작가라고 말하는 사람들은 없다. 물론 글이 안 돼 몇 년 동안 절필 아닌 절필을 자신의 의지와 상관없이 하게 된 작가들이 넋두리처럼 전직 작가라는 말을 쓴다. 그 말에 대해 굳이 긴 설명을 하지 않아도 작가들이라면 공감을 할 것이다. 글을 쓰지 못한 답답한 심정에서 이런 말이 나왔기 때문이다.

작가(시인)가 쓰는 글이 사전에서 나와 있는 것처럼 생산성으로 볼 수 있는지 아닌지는 좀 더 따져볼 필요가 있겠지만 오로지 돈을 벌기 위해 글을 쓰는 것은 마음이 불편하다. 아직 배가 불러 이런 소리를 하는 것인지도 모르겠지만 말이다.

요 며칠 문학 동네가 시끄럽다. 메르스가 세상을 공포로 몰아가고 있는 상황에서 표절 의혹에 내로라하는 유명작가가 휘말렸기 때문이다. 신문기사를 읽으며 우리 사회가 이렇게 문학에 대해 관심이 많았는지 깜짝 놀랐다. 다수의 작가들이 작품집을 출간해도 2쇄를 찍기 힘든 시대에 표절 기사에 대해 상상 이상의 관심을 보이고 있기 때문이다.

사실 우리 사회에서 표절은 놀랄 일도 아니다. 책임 있는 자리에 앉으려다 청문회에서 논문 표절을 했다는 의혹이 제기되거나 제자 논문(통째로 복사)에 자신의 이름을 써내는 몰지각한 교수들 때문에 부각이 된 적도 있었다. 이런 표절을 놓고 관행이라는 어처구니없는 말로 넘어가는 것을 보면 도덕적 해이가 심각하다는 것은 나만의 느낌은 아닐 것이다.

문제는 이번 유명작가의 표절 의혹이 기존의 장관 임명이나 총리 임명보다 그 파급 효과가 훨씬 크다는 데 있다. 아직 우리 사회가 작가라는 사람들에 대해서 믿음과 신뢰가 있다는 뜻으로 해석을 하고 싶다. 작가라면 문장 하나 단어 하나를 쓸 때도 고민과 고민을 거듭해야 하고 그 글은 세상 어디에도 없는 유일무이한 작품이어야 한다는 인식을 독자들은 기본적으로 하고 있다. 설령 어떤 문장을 인용할 때는 반드시 출전을 밝히는 것이 기본적인 태도이다.

이런 마당에 우리나라에서 가장 인기 있는 작가 중 한 사람인 신경숙 씨가 표절 의혹의 중심에 서니 더욱 크게 관심을 끌고 있고 분개하는 독자들이 많은 것 같다.

작가라면 상상력의 고갈로 글을 쓰지 못하거나 글감의 식상함으로 글 한 줄 못 쓰는 일이 생기더라도 버리지 말아야 할 것은 작가정신(창작, 자존심)이 아닐까. 작가가 작가정신을 놓았거나 잃어버린다면 그는 작가가 아니라 '전직 작가'라고 말을 해야 할 것이다. 작가가 표절에 걸렸다면 그는 이미 작가로서 생명력을 잃었다고 보아도 무방해 보인다. 이런 점 때문에 신경숙 씨의 표절 의혹이 일파만파로 퍼져가고 있는 것 같다.